MANUAL
PARA
SONHAR
DE OLHOS
ABERTOS

HELIO
FLANDERS

MANUAL
PARA
SONHAR
DE OLHOS
ABERTOS

Copyright © 2021 by Editora Letramento
Copyright © 2021 by Helio Flanders

Diretor Editorial | Gustavo Abreu
Diretor Administrativo | Júnior Gaudereto
Diretor Financeiro | Cláudio Macedo
Logística | Vinícius Santiago
Comunicação e Marketing | Giulia Staar
Assistente Editorial | Matteos Moreno e Sarah Júlia Guerra
Preparação | Lorena Camilo
Revisão | Daniel R. Aurelio – BARN Editorial
Projeto Gráfico e Diagramação | Caroline Gischewski
Capa | Caroline Gischewski e Nina Bruno

Todos os direitos reservados.
Não é permitida a reprodução desta obra sem
aprovação do Grupo Editorial Letramento.

Dados Internacionais de Catalogação na Publicação (CIP) de acordo com ISBD

F584m   Flanders, Helio

   Manual para sonhar de olhos abertos / Helio Flanders. - Belo Horizonte, MG : Letramento, 2021.
   250 p. : il. ; 15,5cm x 22,5cm.

   ISBN: 978-65-5932-007-3

   1. Literatura brasileira. I. Título.

2021-484   CDD 869.8992
                                                 CDU 821.134.3(81)

Elaborado por Odilio Hilario Moreira Junior - CRB-8/9949

Índice para catálogo sistemático:
1. Literatura brasileira 869.8992
2. Literatura brasileira 821.134.3(81)

Belo Horizonte - MG
Rua Magnólia, 1086
Bairro Caiçara
CEP 30770-020
Fone 31 3327-5771
contato@editoraletramento.com.br
editoraletramento.com.br
casadodireito.com

Todas essas memórias datam a partir de minha viagem para Vallegrand, tentando esquecer um tiro na perna.

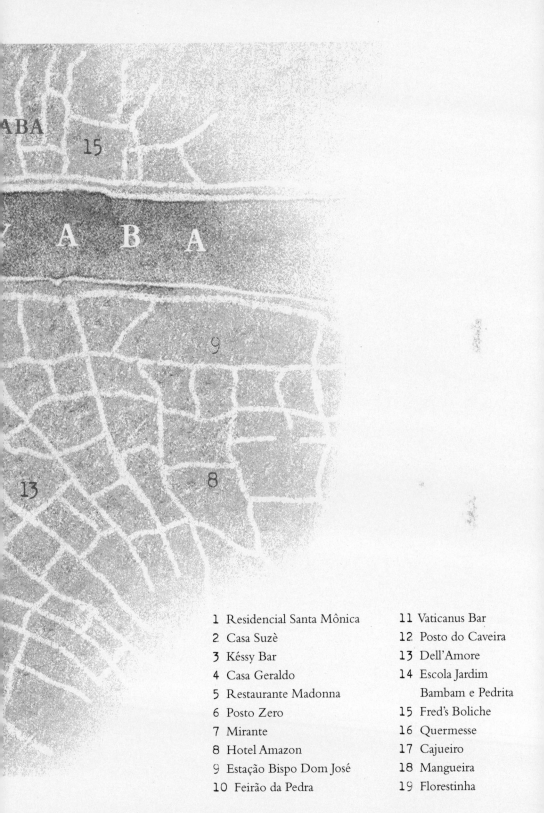

1 Residencial Santa Mônica
2 Casa Suzè
3 Késsy Bar
4 Casa Geraldo
5 Restaurante Madonna
6 Posto Zero
7 Mirante
8 Hotel Amazon
9 Estação Bispo Dom José
10 Feirão da Pedra
11 Vaticanus Bar
12 Posto do Caveira
13 Dell'Amore
14 Escola Jardim Bambam e Pedrita
15 Fred's Boliche
16 Quermesse
17 Cajueiro
18 Mangueira
19 Florestinha

MARÇO

Se escolhe uma cidade para morrer
pelo cheiro que seu nome tem.

"Que Dios te dé el doble de todo lo que me deseas" [1] foi a frase que li durante um dia e meio, colada no vidro que me separava do motorista, na primeira fila do micro-ônibus que me levou até Vallegrand. Em determinado momento, gritos oriundos do fundo do veículo revelaram a presença de um pequeno porco dentro de um saco. Ao meu lado estava um senhor com camisa xadrez de manga curta e calça bege, cheirando a cigarro. Seus polegares eram imensamente gordos. Não trocamos nenhuma palavra, apenas sorrisos amistosos. Sempre que eu pegava no sono, despertava assustado e relia a frase no adesivo. Durante a noite, pensei muito nos versos de uma canção que dizia *"Y sabes que la vida sigue / pero sigue tambien todo en tu vida"*. [2] Pela manhã, perguntei ao motorista:

— *¿Cuantas horas aún nos lleva?*

— *En estos tiempos de lluvia, nunca se sabe.* [3]

---

1 "Que Deus te dê o dobro de tudo o que me desejas."
2 "E você sabe que a vida segue / mas segue também tudo em tua vida."
3 "— Quando tempo ainda nos falta?
    — Nesses tempos de chuva, nunca se sabe."

Uma cidade nova é uma cidade nova

a tristeza é só um berço para quando estamos pequenos

a felicidade ganha força quando as pernas ficam fracas

a dor eterna não é a morte mas sim estar doente

e a alegria é a queimadura pontiaguda que dá no estômago quando confunde as angústias na inédita cidade que está para chegar para que eu tente resistir antes que tudo desabe às vezes esperançoso de que tudo desabe às vezes culpado por querer que tudo desabe ontem eu rezei céus que tudo desabe me canso ao buscar porque não sei reconhecer o que busco.

Uma chuva me saudou nos portões de entrada de Vallegrand e acompanhou o ônibus até seu desembarque na estação Bispo Dom José. Considerando o acontecimento cabalístico, decidi que não apenas me molharia, mas sentiria cada gota d'água na pele. Quando desci do coletivo, o bafo que soprava na cidade às três da tarde era avassalador e a chuva, embora molhando o couro de minha única mala, um grande alívio. Em poucos minutos o céu se abriu e um mormaço derreteu meu cérebro sulista. As poucas ruas que caminhei à procura de um hotel pareceram longos quilômetros, e a cidade portava um aspecto de abandonada, talvez pelo sol que se colocava sobre todos. Escolhi meu refúgio por uma enorme arara desenhada na fachada, um som de água caindo e pelo nome ultra tropical: Amazon Plaza. Imaginei cascatas e cachoeiras, ou pelo menos uma piscina que pudesse trazer meu sangue de volta à circulação normal. Quando adentrei o hotel, descobri que o barulho era fruto de um enorme vazamento, porém segui prostrado na frente do recepcionista, uma vez que o ar-condicionado do local era muito potente. Sem dizer muito, comecei a preencher uma ficha e logo recebi minha chave junto das palavras:

— Seu quarto é o 01. No térreo.

— Obrigado. Você sabe se tem algum lugar aqui perto onde eu possa almoçar, tomar uma cerveja?

— Senhor, aqui o centro é meio barra pesada. Eu sugeriria o restaurante do hotel mesmo, ou, se tiver coragem, o Rabello Bar aqui do lado, mas não é recomendável estar por ali depois que a noite cair.

Segui para o meu aposento e ativei a ventilação no nível máximo. O minibar continha quatro cervejas que aniquilei em uma hora, acompanhado de um saco de amendoins e um chocolate. Foi só ali que percebi o total cansaço que me abatia. Na longa viagem até Vallegrand eu havia dormido intermitentemente, com o coração acelerado, e tampouco havia conseguido fazer qualquer reflexão muito resoluta sobre o meu destino. Eu não sabia sequer precisar o que estava fazendo ali, pois passado e futuro pareciam se aninhar sobre minha cabeça de um modo siamês e os dois possuíam a mesma besta gritante no topo: uma harpia grega.

Desabei na cama e acordei apenas na madrugada seguinte, onde continuei de maneira morosa até pouco depois do amanhecer, encontrando uma dificuldade física enorme para sair do quarto, negando, inclusive, a entrada das primeiras camareiras e levemente paranoico com a possibilidade de alguém ter me seguido desde minha cidade natal. No passar das horas essa ideia começou a desaparecer. Não fazia sentido, eu estava há milhares de quilômetros de casa e, além de minha mãe, ninguém sabia que eu havia partido. Às dez horas da manhã, escondi meu dinheiro dentro do armário do quarto e saí para explorar a cidade – foi quando percebi que uma leve garoa se iniciava.

Vallegrand,
Meu gêiser de poemas

o que me leva até você é o que me leva a desmedida gênese
desde a tristeza nata da sua alma diante da minha
adiante

o que me leva até você é o que me renova puro,
até a nostalgia da bonança de hoje:
a primeira manhã úmida no bairro
adiante

quando é cedo demais para nascermos de novo
quando você envelheceu
e eu ainda nem pude fazê-lo.

Vallegrand,
da enorme
hojarasca
a minha palavra favorita que não me ensinaram na escola
queria dizer
o mesmo que eu,
e eram
folhas secas.
os ventos cessaram por conta da minha chegada
ou eles nunca estiveram aqui?

— adiante.

Tudo na cidade parecia espaçoso, distante e antigo. O calor me castigava, mas após estar refeito da viagem e um pouco menos maluco com a possibilidade de morrer, aproveitei o fato de estar mancando de sandálias e não mais em botas grossas, e até tirei a camisa em um momento. Os vallegrandinos pareciam estar tão habituados ao clima que andavam elegantes, de calças cáqui, jeans, e os funcionários das repartições do centro trajavam camisas de manga longa. Parei em um escritório de aluguel de casas e folheei um enorme livro com opções e possibilidades para morar. Descobri que o rio Cuyaba era muito perto dali e me animei com a possibilidade de habitar próximo da água, até obter a informação de que o rio não era aconselhável para banhos naquela região. O corretor de imóveis me deu um folheto e disse:

— Escolha com calma. Leve com você. Amanhã nós batemos o martelo!

Quando saí da imobiliária com o papel na mão, ainda um pouco absorto por uma espécie de stress emocional dos últimos meses, parei a olhar algumas botas de couro na vitrine de uma loja. Tomei um susto quando vi no reflexo do vidro a minha imagem. Eu carregava uma face já queimada de sol e um sorriso involuntário. Eu nunca havia pensado que poderia sentir medo, alívio, tristeza e felicidade ao mesmo tempo.

Tento relembrar para esquecer o que eu era
e aceitar de uma vez por todas
que irei mancar eternamente
Acabei de descobrir que aqui não tem franquia
dos Pollos Copacabana
e agora estou de novo na estação Bispo Dom José
carregando minha mala
dentro dela está tudo que borrei com lágrimas
da mulher que cresci dentro de mim

Daqui consigo sentir o cheiro do rio Cuyaba
eu penso no passado e parece que tudo minguou
ainda que eu agora sonhe
em brilhar neste povoado distante
com novos sapatos cintilantes
enquanto imploro pelo fim dessa maldição
que se passa dentro das horas que me levam de mim
naqueles sonhos que nunca terminam
e que dizem adeus adeus adeus
essa palavra gris dos poemas
que ninguém mais usa
mas que no corpo
é eco.

Após três dias no temeroso Hotel Amazon, aluguei um quarto-sala no começo da Av. Cerrados, jugular do pacato bairro Jardim Cerrados. Por quinhentos reais mensais foi uma pechincha. Meu novo lar se situava no Residencial Santa Mônica, bloco San Rafael. Mobiliado, com ar-condicionado poderoso, tinha um telefone que às vezes tocava nas madrugadas e apenas um livro: O *Velho Testamento*.

Os meus primeiros momentos ali foram de reclusão, e somente ao sentir-me seguro em meus próprios sapatos, comecei a explorar de maneira tímida o local e os arredores. Em menos de uma semana, notei que o condomínio possuía peculiaridades. Quando eu saía cedo para uma caminhada, perto das seis da manhã, sentia um intenso cheiro de frango frito, ou então um pesado aroma de cânhamo desde a porta principal. A quadra de futebol nunca era usada e já possuía suas linhas gastas. Comecei a dormir com as janelas fechadas, com o ar-condicionado no máximo, pois na segunda noite um gato ingressou furtivo e urinou nas plantas e no sofá da sala. Na terceira noite houve uma enorme tempestade, e pude sentir o edifício chacoalhar. Numa rápida conversa com Juanito, o porteiro, ele me revelou:

—Você é louco de viver aí, um dia essa porra vai cair.

Parece que um problema estrutural havia condenado alguns apartamentos do Santa Mônica, especialmente no meu bloco. Após muita briga, as pessoas se recusaram a sair, e com uma generosa propina para a defesa civil, os proprietários lentamente voltaram a alugar os apartamentos por um preço módico, o que inclusive facilitou o meu ingresso sem maiores burocracias.

Rapidamente conheci o Posto Zero, perto dali, onde se podia encontrar com facilidade qualquer espécie de drogas, em ambiente seguro, protegido, com fidelidade familiar por prostitutas, michês e travestis que ali trabalhavam, tentando manter a ordem a fim de não atrapalhar os negócios. Quando eu estava muito triste ou desesperançoso, dava voltas pelo bairro trilhando o caminho dos pontos de prostituição, pois os galanteios que me eram oferecidos sempre me entregavam alguma vaidade ou gargalhadas, e naquela primeira centena de horas isso era o meu único contato com o mundo real. Foi a primeira vez que ouvi o nome de Suzè.

Vallegrand, 28 de março.

Maestro, aqui as pessoas se olham nos olhos e sorriem para desconhecidos. A essa altura você já deve saber que eu parti. Vallegrand é uma selvageria cândida e inédita para minha alma, embora o calor pareça um tiro de revólver, mas que sai de dentro da sua própria cabeça e atinge todo o mundo ao seu redor. Qualquer coisa mais bonita que me toma os ouvidos, as mãos ou os olhos, me faz chorar. Já estou instalado em um apartamento pequeno e tenho bebido todos os dias em casa até desmaiar na cama. Meu próximo passo é tentar fazer algum amigo, parceiro, qualquer espécie de "gente como a gente", para satanizar de alguma maneira a fim de esquecer esse medo que me trouxe até aqui, que às vezes parece ter vindo na mala. Minha perna está doendo menos, provavelmente por conta do clima mais quente. Agora você já tem meu endereço, e ao mesmo tempo que eu gostaria de esquecer de tudo que aconteceu nos últimos meses, preciso de algumas notícias. De você, de minha mãe, de Angelo, de como foram os dias depois que parti. Me conte também das novas composições.

Um beijo terno,

Ass. Perna.

ABRIL

Logo nos primeiros dias percebi que a malha viária do Jardim Cerrados era ineficiente. Ao ser assaltado numa quinta-feira e presenciar uma tentativa de assassinato na sexta, ambos no mesmo ponto de ônibus, soube que ficar muito tempo parado em determinado local poderia ser perigoso e decidi que precisava de um veículo próprio. As minhas economias poderiam dar para um ano na cidade, mas diante da possível compra minguariam para pouco mais de seis meses. Como meus planos para o futuro não davam conta nem do dia seguinte, esperei até o domingo e cruzei a ponte com o destino do Feirão da Pedra, em Cuyaba. Ao chegar, um enxame de vendedores me atacou: "Ei, garotão, venha aqui ver essa preciosidade", "Gosta de sonhar nas estradas do céu?", "Ei, você já fez dezoitos anos?", "Conseguiu esquecê-la?", "É o último Lada Samara do Centro-Oeste, não perca!". Escolado nesse tipo de *approach*, fechei a cara e fui negando todos os convites. Depois de alguns minutos, quando já haviam desistido de mim, comecei a rondar as máquinas, procurando algo que fosse barato e na medida do possível, com algum estilo. Não demorou muito e meus olhos saltaram diante de um modesto carro branco, modelo Gol 1996, que de tão simples me era simpático. O mais incrível era o preço. Seis mil e quinhentos reais. Muito abaixo da média do feirão. Áspero, lancei ao homem de crachá, ao lado:

— Aí parceiro, barato assim deve ter algum problema.

— Que isso, patrãozinho. Tô precisando de dinheiro e quero vender logo, por isso tá tão barato. Esse garoto é meu diamante, tô triste de vendê-lo. Essa noite até sonhei com ele.

— Sei. E tá tudo em dia?

— Claro! Na verdade, só precisamos fazer uma alteração de cadastro. Se você fechar, podemos ir amanhã mesmo no cartório ali do bairro do Porto e regularizar. Quer dar uma volta?

Quando ingressei no carro, não pude deixar de sentir algo muito familiar. Parece um clichê dos comerciais automobilísticos, mas tive certeza de que ele já era meu. O painel alto, diante de minha diminuta estatura, fazia eu me sentir num tanque de guerra. A máquina rugiu quando deixamos a quadra da Pedra. Fechei negócio em seis mil reais. Combinamos para o dia seguinte a regularização dos documentos e já fui embora manejando o carro, que batizei, naquele mesmo dia, complementando o prenome dado pelo vendedor, de Diamante Branco.

Segunda-feira, na hora e no endereço combinado, fui pela primeira vez entrapado pela malandragem vallegrandina. Havia caído num golpe. O cartório era na verdade uma peixaria, onde ninguém conhecia Bruno Bela Vista, o tal vendedor do carro. Ao olhar para o Diamante Branco, sentindo-me um otário, decidi que nossa história não acabaria ali. O peixeiro, visivelmente chateado com o acontecido, me deu esperanças. "Conheço um cara que pode te ajudar a regularizar isso, mas o preço é meio salgado."

Um telefonema, e meia hora depois apareceu Cesinha, em uma moto velha e barulhenta.

— Boa tarde, boa tarde. Cesinha. Como posso ajudar?

—Você é o despachante? Me engambelaram no Feirão da Pedra.

— Rapaz... eu sempre digo pra não comprarem carros lá. Deixa eu ver a situação.

Ao examinar os documentos, todos frios, deu a conclusão:

—Vou precisar de uns três meses... dois mil reais. Mas vai ficar tudo prontinho, em nome de Jesus.

Recém-experiente nesse tipo de trâmite, me precavi:

— Pago quando tudo tiver pronto.

O próximo trimestre seria de total clandestinidade veicular. Dois dias depois, ao cruzar a Ponte Nova, uma enorme *blitz* da Polícia Militar me congelou todos os nervos do corpo. Não fui parado por milagre, e depois daquele dia comecei a trilhar os caminhos mais sinuosos de Vallegrand e posso dizer que fui um fugitivo das avenidas principais, consequentemente, um arauto de seus caminhos mais obtusos.

Duas semanas na cidade foram suficientes para conhecer o templo chamado Késsy Bar. Foi ali que percebi minha primeira possibilidade de carícia social, depois de um escasso período de paz, quando reflexões inevitáveis estavam fritando meu crânio. Comecei a frequentar o boteco de forma quase diária, e em poucas idas estava amigo do dono, Valentino, e já era reconhecido pelo único garçom, Maxwell. Descobri que o tal Késsy que batizara o lugar era o antigo proprietário, um músico talentoso que vendera o estabelecimento a Valentino, e o mesmo, impressionado com o sucesso do local, manteve o nome. Após algumas idas ao bar sem nenhum acontecimento relevante, em uma terça-feira adentrei o recinto e vi uma figura peculiar. Era esquálido, tinha bigodes finos, usava um chapéu de caubói e botas brancas. Ao contrário da maioria no local, ele estava no balcão. Sentei-me ao lado e gritei para Maxwell uma dose. Ao ver a minha aproximação, o estranho imediatamente sorriu e me cumprimentou:

— Odeio beber sozinho, disse.

Acenei com a cabeça e lhe entreguei um enorme sorriso, tentando até esconder um pouco a empolgação de ter aquela figura excêntrica diante de mim. Era a primeira vez que o via naquele antro, respirando ao lado de madames decadentes, garimpeiros sujos e jovens sem esperança, como eu. Sem saber porquê, tive uma vontade insana de pegá-lo no colo, beijá-lo e tirá-lo imediatamente de lá. Havia uma pureza naqueles olhos que pareciam não merecer o Késsy, nem mesmo a minha companhia. Eu lembrava do poema que falava sobre o barco sendo ninado pelo mar, como um berço, e eu imaginava que eu seria o índico a adormecer aquele sujeito nos meus braços. Meu semblante, que começava a se perder vendo um anoitecer angelical dentro de seu copo foi quebrado de maneira brusca, quando contraditoriamente a qualquer querubim, o homem cuspiu o gelo sobre o balcão e riu de maneira demoníaca. Após mais duas doses de *whisky*, enquanto apenas resmungamos algumas palavras, ele fez com a cabeça um aceno convidativo e saímos juntos.

Ele se chamava Geraldo e possuía uma caminhonete grosseira e cheia de terra. Sugeri irmos no Diamante Branco, mas ele refutou.

— Pra onde vamos, doutor? – perguntei.

— Preciso ver água. Estou em reabilitação, quando o sangue chega no corpo, preciso sentir a umidade entrando por mim, senão eu viro uma dinamite.

Eu descobriria brevemente que nosso destino seria um lago a uns dez quilômetros de onde estávamos. De modo obsessivo, ele me contara que não conseguia ficar muito tempo longe das coisas, fossem drogas, pessoas ou simplesmente a límpida água do Centro-Oeste. Isso se alinhava a um hábito antigo que possuía: pescar.

— Sete da noite, garoto. É a hora dos peixes-espada!

Ofereci cigarro de palha e fumamos no caminho, mas antes mesmo de chegar, Geraldo surtou:

— Porra! O que você colocou nessa palha? Eu não posso fumar cânhamo!

Ele parecia perturbado. Eu realmente havia peneirado no cigarro de palha um farelo de *cannabis* que havia encontrado no fundo da mala, mas não pensei que seria percebido. Depois do pânico inicial, ele começou a se acalmar e perguntou de maneira doce:

—Tem alguma droga aqui? Eu não costumo fumar em dias laborais...

— Só o necessário, respondi de modo gentil.

—Você precisa conhecer Suzè. Ela que gosta dessas coisas.

Quando chegamos, o lugar se mostrou selvático, como ele havia falado; no entanto, a imagem da paz bucólica foi bruscamente contrastada por uma mosquitagem dos infernos. Tive que acender outro cigarro.

Ficamos na beira, olhando os peixes que passavam pela água limpa, iluminados por um começo de lua cheia, e jogando pedras, tentando acertar algum deles. Envergonhadamente, Geraldo contou que havia esquecido suas ferramentas, como varas, anzóis, iscas etc., mas como fosse para se desculpar, sacou do bolso direito uma garrafa metálica. Ele olhava para ela como um mercenário vendo uma pedra preciosa.

— É aguardente boa, não essas coisas vagabundas que compramos nos bares.

Tudo o que aconteceu depois da garrafa metálica de Geraldo eu tenho anotado em um bloco de notas, estampado com a foto de Marlon Brando. Até hoje não tive coragem de ler até o fim. Sempre me detenho no momento que chego nessas palavras:

Ele arrancou meu coração do peito
e ao meu temor
mostrou que aquele mapa não mais possuía rotas
tirou outro de seu bolso
este era um coração empoeirado e emaranhado de fiapos de linha
ele o colocou no lugar do antigo
e me disse passando o dedo indicador nos meus lábios
Garoto, amanhã você será outro
teu corpo não será mais destes homens de ontem
pois não se morre
por quem quer te matar

A minha memória sobre aquele evento, ou o contato físico entre nós, possui até hoje lacunas que talvez nunca sejam preenchidas, mas eu ainda consigo sentir o peso de seu dedo sobre o meu lábio, de maneira muito afetuosa, e de sua mão na altura do meu peito. A clareza retornou a mim quando despertei ali, na carroceria da caminhonete, na epigênese da aurora, e preferi pensar menos sobre o que aconteceu e manter a imagem de um novo amigo, em nosso primeiro dia da vida juntos, que traz não a repetição do vazio cretino dos outros lugares que passei, mas o nascer de um

31

sol ridiculamente lindo e corajoso. Os peixes que vimos naquele amanhecer nunca mais tiveram a mesma cor, pois nada é mais alento para uma alma solitária em cidade nova do que um companheiro. E o poeta sempre falou sobre o tal amor dos companheiros.

Já no caminho para casa eu só tinha um pensamento fixo que carcomia minha mente, como se eu já não tivesse controle sobre o que pensar e dizer. Repetia para mim: é o novo, é o novo, é o novo. Eu ria sozinho, e Geraldo parecia compreender profundamente os espasmos de minha mandíbula. Só Deus sabia como eu precisava dessas novas alegrias depois de tudo que tinha passado. Em meu devaneio, fui interrompido por Geraldo:

— Não é aqui sua casa?

— Opa. Sim, é aqui.

—Vamos pescar na sexta que vem? Dessa vez eu levo tudo. Pegamos a estrada até meu rancho.

— Sexta?

— No posto do Caveira! Toma isso aqui pra você sobreviver até lá. É de comer.

Geraldo me passou um pequeno pedaço de papel com sei lá o que dentro. Apertamos a mão de uma maneira em que os dedos se entrelaçavam. Eu ainda precisava descobrir onde era o posto do Caveira e vencer meu medo de voltar para a estrada. Antes de entrar em casa, abri o envelope. Nele havia uma espécie de pó marrom, que parecia cúrcuma. Julguei ser alguma erva medicinal moída, algo muito corriqueiro por aquelas bandas. Passei nos meus lábios e eles imediatamente se amorteceram. Decidi caminhar até o rio para tomar uma brisa e tive meu primeiro encontro com a entidade que de modo silencioso, humilde e enorme, estaria comigo por todos os meses seguintes: o rio Cuyaba.

Rangendo os dentes diante do rio Cuyaba

— na hora triste
o corpo uma engrenagem sem graxa e velha
tal qual uma máquina de moer cana
mas não baste o quanto de vida eu tente colocar ali
a alma não escorre

— na hora amorosa
o corpo uma máquina de abrir os lábios com o vento
meus dentes uma auto datilografia
e não bastem quantos rapazes me fechem a cara
eu lhes sorrio e os convoco a serem meus
e sigo minha rota sem caminho

porque devo saber onde é.

— na hora ditosa
ó corpo, a súbita vontade
meu cálamo a fábrica de amantes
um sopro de eletricidade na alcalina terra morna
e sigo minha rota sem caminho
porque devo saber
sei onde é.

O nome de Suzè soprava em toda e qualquer esquina dos Cerrados. Não foi preciso muito tempo para que eu tivesse sua biografia na ponta da língua. Sua aparência, em minha imaginação, variava em toda forma, cor e cheiro. Fato é que ela havia transformado seu leve vício em marijuana por um cultivo sagrado. Sempre-vivas, xaxins, grama, orquídeas, cálamo, toda e qualquer espécie de mato faziam brilhar a essência campesina de Suzètte Lannes Mezetti. No auge de seus recém-completos trinta e nove anos, buscava uma nova vida e qualquer alento era recebido de maneira entusiasta. Diziam ela ter descoberto a planta de Deus num dia em que fora abordada por um santo em um sonho. Ela lhe perguntava seu nome e ele apenas lhe lançava sorrisos misteriosos, e depois lhe falou sobre montar o cavalo da paciência. Suzè acordou, molhou os olhos e tentou não pensar a respeito. Sentou-se a escrever em seu diário, mas nada lhe saiu. Naquele mesmo dia encontrou Geraldo na beira do rio Cuyaba e fumaram seu primeiro baseado. Em poucas semanas, semeava em seu quintal. Meses depois já era possuidora da maior safra de Vallegrand, feito que lhe rendeu o terno e sincero título de Mãezinha. Andava imponente pelas ruas dos Cerrados, ao mesmo tempo que afável, autoritária, mas humilde, parruda, e sempre comovida. Nunca nenhuma arma na residência. Já fazia algum tempo que uma nuvem de fumaça cobria a cidade todos os fins de tarde, e os meninos no campo de futebol deduziam figuras com o *fog* de Mãezinha.

Caro Manquinho, se é que posso te chamar assim.
Você sabe que gosto de quebrar o gelo das tragédias
com carinho. Como tá esse teu coração em brasa? Já
se apaixonou por quantas pessoas diferentes essa
semana? Te conto que você fez muito bem em sair
daqui. O bicho está pegando de um modo inimaginável.
Seu algoz Maicon desapareceu, mas antes plantou
direitinho a história de que você é o grande
culpado por tudo. A polícia diz que não há pistas,
mas eu duvido muito. Toda semana sai uma confusão
nova no bairro, parece que seu duelo com Maicon
abriu a porteira das tretas na cidade. O maldito
deve ter pago uma boa grana para sumir com provas,
o fato é que todos tentam se esquivar quando ele
vira assunto. Essa carta lhe traz outra notícia
ruim, mas que talvez você já estivesse esperando.
Angelo se foi. Não resistiu ao tratamento.
Justamente por você ter me delegado a tarefa de
acompanhar até o fim o desfecho do potro, lanço
essas linhas com enorme fraternidade para comunicar
que fizemos o que foi possível. O veterinário disse
que os primeiros socorros que você prestou a ele
no dia da emboscada foram fundamentais para que
ele tivesse um sopro de vida. Morreu na manhã de

ontem e segundo o especialista, não sofreu. Nós
o enterramos ao lado da araucária de Dona Júlia.
Espero que as coisas estejam germinando por aí.
O pastor está louco atrás de você porque acha que
você está possuído, por este motivo lhe passei
seu endereço, de forma incompleta, para que ele
sossegasse. Não estranhe se receber palavras dele.
Sua mãe está tranquila pois sabe que você precisava
ir. Tem ideia de quando volta? Tem escrito poemas?

Abraço e beijinho do seu,

☦ Maestro.

poema sobre o pônei ferido

I

Eu vinha pela estrada a pensar
em olhos verde-sapo
com melancolia tempestuosa
a última fagulha de céu se despedia do dia

ao virarmos uma curva na rodovia da onça
Angelo pressentiu algo,
bateu o casco duas vezes no chão
e eu tentei acalmá-lo com um afago no pescoço

(o potro havia avistado a morte,
que sempre aparece ao equino
minutos antes do que se mostra a seu jóquei)

os grilos guinchavam muito
subitamente o animal disparou
e antes que eu tentasse segurar o trote
derrapou violentamente sobre o asfalto

caímos do lado direito do acostamento
em uma vala espinhosa:
uma arapuca para nós
milimetricamente preparada

na trépida noite cerrada
à beira da serra, no caminho de pedra
um ligeiro aceno
e desde aquele momento
passamos a ser ninguém.

II

tirei o espinho do dorso do pônei
não vi outro material para o enxerto
a não ser minha própria pele
fiz a sutura ternamente
e obtive uma surdez emergencial
para não me abater
com o choro incessante do bicho

(pois ele sabia, quando riscava as patas
o motivo de ainda estar vivo
o seu relincho era fanho
eu lhe dizia que no fundo a vida é uma bobagem
mas ainda
a única possível
e ele parecia saber da própria força
mas previa
que o destino era roto
e o seu tempo curto)
o pônei deitado sobre a estrada:
essa imagem fundiu-se com a de um homem que surgiu
quase como uma aparição

ele sorriu e sacou um revólver da cintura
em meu silêncio assustado de menino
pulei dentro da escuridão violenta do buraco
e não soube dizer o que veio primeiro
se o tiro ou o grito, o riso ou o relincho
o sangue no linho branco
minha perna em chamas
e no delírio de arrastar-me pela mata
ouvi uma voz de mulher que mais parecia um latido

eu sabia que nunca mais poderia correr
ou jogar futebol novamente.

III

desmaiei em algum momento
e sonhei carícias inéditas
ao tempo em que era tomado
por imensas gargalhadas

conseguia imaginar na mão ensanguentada
a sua presença nunca distante
e a recolhia mesmo que fosca
no aterro de uma desolada solidão
e de repente sonhava-nos
e suas mãos com agulha e linha
teciam e fechavam em minha pele
o buraco de tristeza e bala
e os seus dedos em mim efetuavam a dança
do movimento de salvar-nos,
em ponto-cruz
o movimento de salvar-nos,
em ritmo epilético
o movimento de salvar-nos

por si, por nós, novamente
e não pelo mundo
que não vai ruir quando ninguém mais viver nele

não obstante
era no teu peito vasto que eu deitava
recolhia meus restos de tecido com sangue
e você serenava minha face
enquanto envolvia com seus cabelos
a minha perna arroxeada
e acalmava a queimadura
da chaleira femoral ao fogo.

IV

na manhã, antes dos primeiros carros chegarem
finalizei o curativo no dorso do pônei
ele parecia saber da necessidade
da saliva na epiderme
em um coice enrijeceu os músculos
quase alheio ao desespero final
sorriu já desacordado

a chuva não parava, minha roupa
fedia a guardada, o tempo passava
e eu nem percebia
num ruído alheio da cidade
e no fundo de mim
eu estava perdendo os supostos valores da vida
pois à beira da morte toda vaidade é inútil
e eu estava finalmente na inundação derradeira
desapegando-me de todo o resto

do meu nome, da minha roupa
da música, do rosto,
da vitória e da derrota.

V

sorri em demência sincera
eu ainda era só um garoto
e ansiei muito para que o tempo passasse
sem me abalar, como das outras vezes
que eu seguisse pleno ao ter o mundo
somente na junção das nossas mãos
(as mais bonitas do mundo)
e que nossos demônios não nos levassem outra vez
mas àquela altura mal sabia eu que o teu coração
fornecera a pólvora para o disparo

quando despertei em meio a uma multidão,
já no hospital, apertei os olhos e depois abri
o corredor se fez vazio, na luz branca
se ouviu ao longe o fritar de uma mosca
o violento ataque ao pônei me avisava
que as coisas nunca mais voltariam a ser como antes.

VI

(eu sei que algumas vezes estive
a me esperar
na estação da cidade
a qual não pude visitar)

quiçá ainda estou lá.

Após alguns dias recluso, um pouco abalado por memórias dolorosas do passado recente e também pelas notícias do Maestro, senti que só me restava injetar alegria na alminha. Coloquei os sapatos e tomei o rumo que já havia se tornado familiar: Késsy Bar. No caminho percebi que havia um sentimento diferente em mim, como se eu estivesse me preparando para coisas grandes que estavam por vir. Quando cheguei, era início da tarde e o bar estava fechado. Valentino refletia sentado em sua velha cadeira, na varanda de entrada. Sentei-me no assento ao lado, e comecei a pensar sobre pedir-lhe uma explicação sobre o céu que nos dobrava, com uma nuvem de uma cor que se misturava entre o azul e o rosa. Posteriormente eu saberia que esse era o céu do mês de abril, nos Cerrados, quando o outono encavalava estações para proporcionar-nos um espetáculo de magma celeste. Alguns minutos depois, Valentino abriu os olhos e disse, um pouco assustado:

— Nos levaram muita coisa!

Ele falava de uma maneira peculiar, sempre arrumando a gola da camisa quando terminava uma frase. Não resisti e perguntei rindo:

— Foi um assalto? O que levaram? Muito dinheiro?

— Não deixamos dinheiro aqui. Levaram parte da adega!

— A adega!?

— Sim! Levaram alguns de meus Brunellos de guarda e até coisas baratas como Velho Barreiro. O pior de tudo é saber quem foi o ladrão.

— Como assim? Vocês o conhecem?

— Mais ou menos. É um tal de Brinco, está trabalhando nas obras da escola e veio do Sul.

— Por que não acionam a polícia?

— Na verdade nós só suspeitamos dele, não podemos provar nada. É um bêbado, o problema é que todo mundo gosta dele. Falei com Maxwell sobre intimá-lo e ele ameaçou se demitir. Costuma vir beber aqui. Tem um sotaque ridículo. Meio loiro, meio chucro. Outro dia carregava dois revólveres de brinquedo, um em cada perna. Quando lhe perguntei o porquê daquela superproteção, me disse que Vallegrand era o lugar mais demente que ele já havia visitado e que sentia necessidade de andar armado. Se denominou o *Mad Max* do Centro-Oeste. Eu que devia me armar de um vagabundo como ele.

Todas as palavras que ouvi fecundaram meus ouvidos, tive gana imediata de saber quem era o forasteiro. Pedi para que Valentino abrisse o Késsy e me servisse uma bebida, mas ele recusou, dizendo que precisava descansar.

— Tenho um baseado, eu lhe disse calmamente.

Valentino me olhou, riu e disse:

— Vamos pela porta de trás.

Entramos no bar, que descansava desabitado. Era melancólico ver o palco, a noite povoado por nomes toscos da música *underground* vallegrandina, caído e perdido no vazio imenso que a tarde escura proporcionava ao ambiente. Valentino serviu-me *whisky* vagabundo, como imaginei que faria. Comecei a enrolar o baseado enquanto ele me contava histórias de contrabando, já se empolgando com a possibilidade de ficar chapado.

— Uma vez eu trouxe dois quilos de cânhamo de Buena Vista até aqui e quase fui pego! Revistaram toda a caminhonete, e eu tinha duas grandes pedras verdes, uma em cada para-lama. Não sei como não acharam. Goga, que estava comigo na ocasião, disse que foi uma intervenção divina. Não havia como não achar. Eram duas grandes lajotas de *cannabis sativa*. Eu ainda penso que eles viram, mas por saber quem éramos e por possivelmente estar acabando o turno, com preguiça de nos autuar, levar até a delegacia e todas essas chatices burocráticas, nos liberaram. Quando vimos a viatura se afastando, pulei no pescoço do Goga, como um menino. Logo ao entrarmos de volta no veículo, fechei uma vela enorme e fumamos como as hienas mais felizes de Vallegrand. Aquilo sim foi um acontecimento. Hoje em dia isso não existe mais. No máximo um bêbado rouba minhas garrafas. Por isso espero tanto pelo dia que vou fazer minha fé. Um dia te conto sobre a minha igreja.

Acendi o baseado. Mesmo Valentino sendo um dos caras mais respeitáveis dos Cerrados, a última coisa que eu queria naquela altura de minha aventura era me involucrar em alguma nova religião. Apenas estando por poucas semanas na cidade, em várias ocasiões já havíamos ficado conversando do começo da tarde até às cinco, quando o bar abria e ele ia se entreter servindo seus fregueses. Dias antes, bêbado, ao fim da madrugada, havia discursado sobre despedidas. Disse que deveríamos nos acostumar a elas, pois estas seriam as únicas a nos tirar pedaços durante a vida e elas viriam em doses cavalares, cada vez mais, com o passar dos anos.

Enquanto fumamos, o silêncio dele foi duro para mim, porque me remetia a muita coisa que eu, racionalmente, não gostaria de lembrar ou projetar para o futuro. Porém, a parte boa de ficar doidão com Valentino era que, após alguns pegas, ele levantava e dizia: "Tenho uma boa bebida para nós!". E então tirava de esconderijos inimagináveis garrafas premiadas, Barolos e vodcas da melhor qualidade. Nós bebíamos até os primeiros clientes chegarem e ele ir conversar com eles, jogar sua lábia até seus copos e hábitos viciados, e eu quase sempre seguia para minha casa.

Naquele dia continuei bebendo, ainda chapado pelo cânhamo. Pessoas estranhas frequentavam o Késsy. Eu havia ficado ausente por só alguns dias e, a certa altura, tudo parecia mudado. O teto parecia mais engordurado, as garrafas mais anchas e as pessoas mais lunáticas. Duas mulheres chegaram e se sentaram perto de mim. Deviam beirar os trinta anos e tinham corpos atléticos. Fiquei vidrado em uma que usava uma calça alta e tinha uma boca enorme. A outra fumava compulsivamente. Desconhecendo minhas confusas predileções, Maxwell, o garçom marinheiro de Valentino, que havia chegado sem que eu percebesse, se dirigiu a mim:

— Está vendo essas duas? São prostitutas de respeito. Já namorei a de vestido roxo. Se levá-las para casa e tiver boa lábia, podes comer ambas com o dinheiro de apenas uma. Elas vêm de San Ignacio de Velasco.

O olhar das mulheres era perdido, desinteressado. Preferi continuar com minha bebida. Às vezes Valentino vinha até mim, dava um gole no néctar e dizia: "Estou louco! Erva boa!"

Quando eram sete horas, eu já tinha os olhos em chamas. O álcool fazia o efeito esperado, deixando minhas mãos pesadas e os pensamentos distantes. Tudo se modificou quando ouvi um barulho logo na entrada. Era um sujeito que adentrava o bar caminhando de maneira consistente. Valentino chegou e disse em voz baixa:

— É este o filho da puta que me roubou.

Eu estava paralisado. Ele era particular em tudo: parava para cumprimentar todos, em tom alto e com um sotaque sulista, olhando para os presentes de maneira louca, sorria igual uma criança. Tinha uma beleza magnética, ao mesmo tempo que errática. Ao ver Valentino, Brinco o abraçou e disse coisas afetuosas, perguntando sobre o dia a dia. Vieram até o balcão, o homem mostrou o sorriso vívido e finalmente lançou sua voz diretamente para mim:

— Ei, garoto! Você me lembra meu filho mais novo, o animal.

— O animal?

Comecei a gargalhar, e em seguida fomos apresentados. A sua maneira de ser era única, algo que nunca havia visto antes em toda minha vida. Este era Brinco, que havia sido descrito como um larápio antes, e se colocava como um camarada diante de mim. Nesse momento, a garrafa que Valentino tinha nos trazido já deslizava vazia pela mesa. Pedi a ele uma nova, mas ele disse que daquela não havia mais. Sugeriu cervejas, porém antes mesmo de que eu pudesse responder afirmativamente, Brinco retrucou:

— Cervejas não! Traz o Velho Barreto! – Eu não podia acreditar. Ele havia pedido o Barreto, o veneno vallegrandino. Uma espécie de Velho Barreiro turbinado com ervas locais e licor de pequi. Logo estávamos diante de uma garrafa incendiária. Brinco discursava:

— Eu e minha primeira mulher tomávamos o Velho praticamente todos os dias. Chegamos a tomar doze litros por semana. Vocês não dão valor a isso aqui, é o maior patrimônio dos Cerrados.

Conversamos ininterruptamente sobre tudo, por duas horas ou mais, até que ele se despediu. Meses depois eu retornaria com olhos ainda mais amoráveis para esta noite gloriosa, quando o encontrei pela primeira vez. Eu estava avassaladoramente apaixonado. Todas as palavras virgens, criadas pela língua mágica de Brinco, se mostravam angelicais para mim. Quando ele falava sobre suas viagens ou partidas de futebol, eu conseguia enxergar a carne de Cristo nele. Brinco era cético, solto. Um amontoado de candor numa cidade grosseira. A vida e minhas escolhas eram as únicas culpadas pelo estágio melancólico e ferido que rondava meu ser, e por um instante as figuras gritadas por esse novo homem, que tanto acrescentava ao meu delírio real daqueles dias, triplicavam a paz exposta na cruz com o velho sonhador, que tanto tentaram me empurrar como suposta cura em meu pós-operatório. Jeová, ao lado de Brinco, não era nada. Talvez um prego, na cruz.

Quando o conheceu, Valentino me confessou, posteriormente, ter tido vontade de chorar. Eu não pude dizer o contrário. O meu primeiro dia com Brinco foi uma comoção por todo o meu corpo e sentidos. Uma esperança de triunfo num mundo estéril, uma exaltação de nós mesmos, que jamais teríamos orgulho ou lugar dentro de qualquer cidade do mundo. Brinco parecia trazer a paixão que não nos faltava, mas que tropeçava em nossa própria falta de coragem de exercê-la a *full*. Quando contemplo a mesma alvorada que nos perseguiu aquele dia ainda sou tomado por erupções e epifanias. No momento em que nos abraçamos ao nos despedir e nos olhamos com olhos molhados, vi as andorinhas marcharem.[4]

---

4   Em Vallegrand, no mês de abril, costuma acontecer a chamada "marcha das andorinhas". Os pássaros cruzam a cidade dia e noite buscando o vento do Sul, uma vez que as queimadas tomam a região, deixando o ar rarefeito e o tempo demasiado quente e seco.

poema da madurez tardia

meu coração está tomado

eu ando pelas ruas e sorrio
e falo alto e meus amigos
já tem mais de trinta anos.

eu estive bebendo sozinho toda a tarde
eu abri meu peito,
há quanto tempo
eu não via
eu mesmo?

há quanto tenho me impedido,
ou tem a vida,
me levado
do tiroteio de alegria dos melhores dias?

meu coração está inteiro
e a cidade é uma trajetória
entre os amigos
mas eu me sinto hoje
como anos atrás

e eu sorrio tranquilo
porque
eu já não posso esperar.

meu coração está tomado
quase a ponto de romper
nunca estive tão cheio de portos
e navios para adentrar

eu estou apaixonado
pelo simples ato de colocar os sapatos
e caminhar.

e sobre o passado,
nada existiu
não fomos nada
e não seremos mais
que a convicção do que somos
e assim quero que te coloque
diante do espelho
no fundo do rio.

e não demore em voltar a respirar
pois a alma clara
te espera na superfície profunda
a quase aterrissar

e nunca foi tão real
o calor de um beijo

(um amigo diz para tomarmos cuidado
quando estamos felizes, demasiado
porque geralmente se perde as chaves)

ao voltar pra casa
mantenha o polegar direito em riste
para todos os transeuntes que te cruzarem
e não apaga o sorriso que eu vi você esconder
na hora que eu te abracei mais forte

o amor
quando surpreende
na beira da possibilidade
de não se esperar por ele

o amor
quando irrompe o centro da carne
e não lhe conseguimos
disfarçar

por hoje
me contento com seguir
e saber que talvez nada aconteça
ou talvez que dois mundos colapsem
rumo à derradeira primavera
talvez
sentir só isso
seja suficiente
para hoje

o amor que se descobre amor
quando muda em nós
para sempre

porque a alegria foi em mim
o toque mais louco desde a terra mãe.

MAIO

Na semana seguinte, a caminho do mercado da rua de cima, trombei com Brinco, que estava sentado no Vaticanus Bar, numa mesa do lado de fora.

— E aí, garotinho! – ele gritou.

Meu coração disparou imediatamente. Eu não esperava encontrá-lo. Foi ali que tive certeza de que eu já o amava acima de qualquer coisa. Só quem esteve sozinho em cidade nova, à procura de qualquer coisa para chamar de sua, de qualquer companhia para descobrir as ruas e encher a cara, me entenderia. Um pouco desconcertado, sentei por alguns momentos com ele.

—Vamos tomar aquela geladinha?

— Tenho que trabalhar hoje, don Brinco – menti.

— Eu também! Vou pintar uma parede na escola. Mas você sabe, o teste é segurar o pincel. As forças do céu terminam o trabalho.

Novamente eu não sabia explicar porque Brinco me dava socos no peito apenas com palavras casuais. Talvez lembrasse meu pai, ou aquele japonês que eu nem recordava mais o nome, mas que fora meu único amigo na primeira série, quando chutávamos a bola e isso nos bastava para ter fome na hora do recreio. Me despedi de Brinco, imaginando-o desaparecer pelas minhas costas enquanto eu caminhava para o mercado, e pareci entender que o que germinava em mim era a possibilidade de um espelho seguro num momento novo em terra estrangeira. Havia nele um potencial candor que poderia me preparar para qualquer porvir, e isso era o que eu mais precisava nesse momento inicial e movediço. Ao contrário da coragem natural de Geraldo, meu outro novo amigo, Brinco carregava uma fragilidade que humanizava meus dramas e crises, como se me permitisse finalmente a autopiedade que eu não havia me permitido antes, somada ao erigir das pequenas alegrias na cidade, que viriam, com sorte, pouco a pouco.

Havíamos combinado de nos encontrar para a pescaria, com seus devidos apetrechos, ao meio-dia. Quando o relógio da igreja soou as marteladas, pensei que, por sua loucura aparente, Geraldo se atrasaria, mas menos de um minuto após minha suspeição, a caminhonete fez voar os urubus na vala úmida do posto de gasolina. O homem surgia uivante, com o braço esquerdo para fora e com dois cigarros acesos na boca – mal se podia ver o seu sorriso que havia ali.

— Sobe, Pitico!

Quando adentrei a caminhonete, ele já me puxou e carimbou um enorme beijo na boca, sem língua, mas com bastante saliva. Ao ver minha surpresa, disse: "Hum, tá com medinho, é? Aqui nos Cerrados é assim. Se tenta ser viado antes de ser macho. Foi só um teste", e emendou uma gargalhada que ecoa até hoje sempre que seus bigodes me tomam a memória.

— Petito, eu sou pesado. Hoje a gente vai ficar bem *loco*, quer ver? Abre o porta-luvas.

Ao fazê-lo vi um prato cinza, de cerâmica, com bordas levemente altas, como se protegesse a comida que ali poderia jazer, tomado por carreiras de cocaína. Assustado com a quantidade de linhas, fingi inexperiência:

— Pô, Geraldo, eu sou de boa, nunca transei essas coisas. Será que não ficamos só na *conha*?

— Menino, um tiro nunca é só por nós, é um tiro por todos!

— Putz, bicho. Eu acho meio *bad*.

— Manquinho, isso é droga de adulto, quem se fode com ela é quem não sabe usar. Olha esse bairro. Quem está fodido? Os bêbados. E as crianças velhas que não sabem cheirar. Eu tô dirigindo bem, não tô? Veja só: não ultrapasso os limites de velocidade, tudo em dia, totalmente prudente. Hoje já cheirei? Sim, mas tomei um café da manhã reforçado antes, depois fiz minha caminhada diária, deliberei os relatórios no escritório, então joguei pingue-pongue com meu vizinho. A famosa narigada funcional! Você tomou quantos litros de água hoje? Eu já tomei dois! E mesmo com a venta inundada de pó eu vou dormir oito horas essa noite, tendo feito três refeições no dia. Que Deus tenha piedade dos otários que não sabem usar droga e que queimam nosso filme. Vai, manda a sua. Como eu disse, é um tiro por todos nós.

Eu estava desamparado de qualquer resposta após a sobriedade do discurso de Geraldo. Não haveria uma palavra ou tabu para combater seus argumentos, e naquele momento me senti mais seguro por estar com ele, de trilhar aquele caminho que nem sabia onde ia dar, de não ter ideia se voltaria para casa naquela madrugada ou dias depois. Essa sensação de incerteza do destino, mas de confiança plena em meu novo parceiro me invadiu de maneira indescritível. Uma euforia silenciosa. Por fim, olhei para ele com um sorriso emocionado, tirei uma nota de cinquenta pesos do bolso e mandei a maior carreira que ali descansava na minha narina direita, para impressioná-lo.

— Porra Geraldo, meu rosto tá todo amortecido. Falta muito? Não vou aguentar ficar muito tempo sentado.

— Chegamos, porra!

Ele dobrou a direita na estrada de San Antonio del Leverger e dirigiu alguns metros até uma porteira. Desci, abri e pude ver uma placa:

"Rancho Lannes
Aqui nós nos amamos"

Ao voltar para a caminhonete, Geraldo disse:

— Não menciona nada sobre drogas com Zinho, o caseiro. Ele vai querer nosso teco.

Quando chegamos, era uma casa simples com cheiro de mofo. Zinho não estava – "Deve ter saído pra beber na vila", disse Geraldo. Deixei minha mala num dos quartos e saímos em direção ao rio.

— Aqui a gente vai pescar de verdade, não aqueles lambaris que se pega no lago. Me ajuda a carregar isso pra caminhonete, porque com essas tralhas não vai dar pra ir a pé.

Logo pude ver um enorme isopor onde constavam seguramente quatro dezenas de cervejas.

— Porra Geraldo, pra que tudo isso?

— Mancueba, eu sou pesado. Quem tem uma caixinha de cerveja, não tem nada.

Carregamos a caixa com enorme dificuldade até o carro. De lá ele dirigiu por menos de cinco minutos até o barranco, de onde pescaríamos. Geraldo estava eufórico.

— Puta que pariu, que saudade desse lugar.

Depois que nos assentamos em banquetas de madeira, lançamos nossas linhas à água. Por ali ficamos horas, fumando, trocando palavras, poucas, às vezes nenhuma. O sol nos castigava. Nem uma mordiscada sequer nas linhas, onde estariam os peixes? Dezenas de cervejas foram consumidas, entre algumas cafungadas que tremulavam os olhos e faziam às vezes o horizonte do rio se tornar uma fata morgana. Quando tudo estava silencioso, Geraldo sacou da perna, debaixo da calça jeans, uma pequena pistola Beretta que eu nem imaginava existir.

— Não se mexa, fique em silêncio.

— Que foi, bicho? Tá *loco*?

— Olha ali.

E ao seguir o que apontava o dedo de Geraldo, contemplei um dos momentos mais inacreditáveis de minha curta existência até então. Uma jaguatirica, típica do Cerrado, cruzava o pequeno fio d'água. Em passos lentos, austera em sua camuflagem única, deteve-se a beber água. Nos olhou calmamente enquanto linguava o riacho.

— Não atira – eu disse.

— Jamais. Só se ela vier pra cima. Já me aconteceu uma vez.

Durante alguns minutos que pareceram horas, o felino ficou imóvel nos olhando, até que seguiu seu caminho no curso do rio, passando de uma margem à outra.

— E aí, se cagou? – perguntou Geraldo.

— Gera, que foi isso? Estou tremendo! Não imaginei que pudesse chegar tão perto.

— É raro, mas acontece. Agradece pro céu porque daqui um tempo isso nem vai existir mais.

E o silêncio nos tomou novamente, quase abafando a enorme excitação diante do acontecimento. Fiquei pensando se tivéssemos adormecido, ou então sóbrios, a coisa poderia ter sido muito mais tensa.

— O álcool nos ajuda a enfrentar monstros desse tamanho – eu disse, com sorriso amarelo.

— O álcool nos ajuda a enfrentar monstros bem maiores que esse – retificou Geraldo, fazendo eu me reduzir a minha inexperiência. Poucos segundos depois o silêncio retornou de maneira brutal, como se estivéssemos tecendo uma homenagem ao divino que nos colocou diante daquele animal. O uníssono foi quebrado quando num salto Geraldo gritou:

— Peguei, porra!

E começou a puxar sua linha enquanto dançava na beira da água.

— Rá rá rá… Seis e meia da tarde, Petilinho. Agora a porteira se abriu, é a hora. Prepara o puçá que vai ser enxurrada de piraputanga.

Ele estava certo. Daquela hora em diante, pegamos dezenas de peixes. Em determinado momento, Geraldo montou mais duas varas, que ficaram cravadas em buracos na terra, e não tardou muito até que elas estivessem vibrando com o puxar das pira-putangas. Quando por fim nos cansamos da arcaica batalha pelo alimento, muito também por conta da mosquitagem que nos devorava perto das oito da noite, recolhemos a tralha toda e voltamos para a caminhonete onde o cheiro de peixe se alastrou pelo veículo como mil palos santos acessos em local fechado. Ao chegarmos no rancho, Zinho estava lá para nos receber:

— Oi, meu pacová – disse para Geraldo. Quem é esse rubizinho?

Ele era um vallegrandino típico, em sotaque e vestimenta. Chinelo, bermuda batida e peito nu, camiseta por sobre o ombro. Era muito afeminado e estava completamente ébrio. Quando acendi um cigarro, chegou bem perto e disse:

— Eu tô com tanto álcool dentro de mim que se me *deixá ficá* pertinho do teu isqueiro, quem sabe a gente não explode junto?

Antes que Zinho pudesse fazer qualquer avanço em minha direção, foi tomado por uma tontura abrupta, e sentou-se numa cadeira de fio onde, balbuciando o incompreensível, adormeceu.

— É sempre assim. Amo Zinho mais que a minha família inteira. Me ensinou a não ter medo de gente – disse Geraldo, de maneira tranquila.

Antes de eu me retirar ao diminuto quarto nos fundos da casa, absorvi cada gesto de Geraldo, em uma jornada que já durava quase doze horas. O prato de cocaína, que no início da viagem dera a tônica de que nos guiaria numa vampiresca aventura, fora deixado de lado rapidamente. O álcool fez-se presente em toda a jornada, mas trazendo-lhe cada vez menos efeito e parecendo cada vez menos necessário. No fim, até os peixes que tanto lhe acendiam os olhos foram jogados sem sequer estarem desviscerados no fosso de um *freezer* horizontal antigo. Geraldo agora saía com lanterna no meio do mato, perto da meia-noite, a procurar nem ele sabia o quê.

— Titico, agora você precisa me deixar um pouco sozinho. Tenho umas coisas a consertar comigo mesmo – disse, antes de sumir no breu do rancho entre o som de grilos e uma noite seca de quase inverno. Adormeci pensando que o maior legado dele sobre mim poderia ser a lição de conquistar as coisas apenas para seguir adiante, anestesiando-as ou simplesmente abandonando depois do feito. Para mim, que nunca havia conseguido soltar nada das próprias mãos antes do exílio forçado em Vallegrand, Geraldo era uma presença abissal e apontava um caminho necessário se eu quisesse não me consumir novamente em rotas equivocadas e ultradependência de tudo. Quando despertei com o nascer do sol no quarto sem cortinas, saí na varanda e vi Geraldo sem camisa, de calça jeans e pés descalços, sentado no chão, repetindo para si mesmo quase como um mantra:

— Vencemos essa etapa só para seguir adiante.

Busco minha antiga alma com uma lupa
no chão, em meio as formigas
do tempo escuso
liberto do vento frio
na espinha que conduz os arroubos e furtos e automóveis irrompendo *guard rails* em direção ao rio.

Ainda se desse tempo de soltar o cinto abrir a porta reescrever a história me esquivar do tiro me modificar a face salvar meu pai mudar meu coração romper as cordas não ter nascido naquele verão emendando os passos de heróis secretos com botas ensanguentadas da lagrima que só eu vi.

Resignado admiro o horizonte

Escrevo:

— *Nunca mais* —

Coloco o papel no bolso de um casaco
que propositalmente pretendo esquecer dentro da caminhonete.

Zinho nos fez arroz com pequi. Foi a primeira vez que comi a iguaria dos Cerrados. Quando ele e Geraldo conversavam, eu só conseguia prestar atenção no sotaque e na horizontalidade entre eles, numa doçura natural que se colocava entre os dois, empregado e patrão, e consequentemente sobre toda a família. Tinham quase a mesma idade, haviam sido criados juntos em determinado momento da vida, mas Zinho era um verdadeiro homem do campo, enquanto Geraldo, um filhote de Vallegrand. Era bonito pensar que em algum lugar na alma mútua, ambos se encontravam.

— Como está Suzè? – perguntou Zinho.

— Apaixonada, finalmente.

— *Demorô* pra alguma coisa fisgar ela.

— Ela é uma pedra, não tem porta.

— Mas todo mundo precisa de alguém.

— Eu não.

Zinho riu, e virou os olhos pra mim:

— Esse aí parece que depois que comprou a caminhonete não precisa de mais nada mesmo. É o dia todo pra lá e pra cá. O que você tanto procura, menino?

— Quando achar eu te digo.

Depois do almoço, seguimos viagem de volta a Vallegrand. Os artefatos do dia anterior estavam minguados, de modo que fizemos uso apenas de café para o retorno.

— Geraldo, queria agradecer pela viagem. Pode não parecer, mas acabei de chegar na *city*, então foi muito importante encontrar você, o Zinho… enfim, obrigado.

— Que isso, Titico. Você é dos meus. Vi na hora que você me olhou aquele dia no bar. Aqui não tem muita gente igual *nóis*, não. Só querem fazer faculdade e trabalhar até morrer. De verdade? Não sei o que você veio fazer aqui.

— Eu precisei vir.

— Me conta, qual foi? Você acha que terá algum futuro num lugar como esse?

Nesse momento, percebi que já cruzávamos a Av. Cerrados, e eu estava ao lado de casa. Peguei minha mochila que estava no assoalho do carro, olhei para ele, lhe dei um forte beijo no rosto e respondi a sua pergunta me despedindo:

— Eu vim vencer essa etapa só para seguir adiante.

Caro amigo manco, muito me desperta a
curiosidade essa sua ausência de notícias. Muitas
vezes pressinto que você esteja bem, já trilhando
ruas brilhantes com seus novos amigos. Aliás, esse
seu talento para conhecer figuras peculiares é
antigo, não? Em outros momentos fico deveras
preocupado com seu silêncio, pois sei da sua
capacidade para criar um abismo maior que sua alma
diante de si mesmo e não voltar mais. Se entrar
lá, não se esqueça de levar uma escada, ok? Mande
notícias. Por aqui, trevas. Maicon voltou e está
cheio de moral. E agora, o que era uma suspeita,
é tida como verdade por quase todos: você tentou
atirar nele primeiro. Também encontrei sua ex-musa
e ela disse pra mim estar bem, mas dá pra ver na
carinha de virote dela que as coisas não andam como
ela diz estar. Eu tenho pensado muito no seu destino
e confesso que às vezes tenho vontade de fazer o
mesmo. Nascer e passar a vida toda na mesma cidade
é uma prisão a céu aberto. Tenho cada vez mais
pena dos que se casaram, que abriram negócios, que
compraram imóveis financiados, que estão imersos na
yoga ou na igreja - no fim, é a mesma coisa para mim.

Beijo saudoso,

✝ Maestro.

Em um dia calmo e sem esperança de maiores aventuras, me dirigi a pé ao Késsy, uma vez que aquele dia o Diamante Branco refusara a funcionar. Estava com um mau humor dos infernos e numa ressaca enorme. Engoli dois frascos de xarope para o fígado no caminho a fim de diminuir a queimadura no ventre, porém antes mesmo de cruzar a Av. Cerrados fui detido por uma voz que me deu uma volta nos ombros:

— Ei, meninão!

Era Brinco. Sorriso largo, trajado como um dândi, fazendo pantomimas de balé.

— Salve, Don Brinco! Quo Vadis? Késsy?

—Você está louco? Hoje tem show! Elena Calamus, a minha antiga e futura namorada.

— Onde é? Não conheço.

—Vem comigo.

Ele me prendeu no bracinho como os casais fazem e assim caminhamos juntos por quase dois quilômetros. Minha perna já estava em chamas, mas ele estava deveras ansioso, batia a língua nos dentes quando tentava se comunicar, uma vez que me soou inútil tentar pedir para diminuirmos o passo.

— Nós vamos ao Dell'amore. Vai ser a primeira vez que vou ver a Elena cantar. Tenho ouvido no trabalho e um amigo me mostrou um vídeo, ela está cada vez mais maravilhosa.

Quando Brinco disse – Chegamos – eu estranhei, pois não havia nada no lugar, apenas uma porta cinza de enrolar com nada escrito. Ele tocou a campainha, de onde veio uma voz dizendo – Pois não? – Brinco se apresentou com uma espécie de senha e a porta se abriu. Era um bar clandestino, que mesmo eu em poucos meses já sendo um camundongo das ruas de Vallegrand, nunca havia sequer imaginado existir.

O local estava lotado e sua decoração de bar texano destoava da indumentária dos presentes, que portavam cores vivas, casacos de penas, um brilho constante nas roupas e nas faces. Entramos para o segundo ambiente, este sem decoração alguma, apenas um comprido salão branco, com ares de igreja, totalmente tomado por cerca de trezentas pessoas que suavam em suas maquiagens; num grande frescor social, já não se identificava os garotos das garotas e vice-versa. Brinco disse – Eu preciso chegar bem perto dela – E saiu praticamente acotovelando todos pelo canto do salão onde eu o seguia feito um carro atrás de uma ambulância cruzando as avenidas em horário de *rush*.

Já de peito na grade que nos separava do palco, pude ver os instrumentos posicionados e grande furor pela espera da artista. No fundo do palco e no tecido do bumbo da bateria se lia Elena Calamus. Conversa com Brinco já não havia, ele estava vidrado, como se sua alegria em vê-la fosse maior que a ansiedade para tal momento, abrindo exceção apenas para comprar bebidas através dos vendedores ambulantes que nos interpelavam a todo momento. Depois de cerca de quarenta minutos em que bebi duas cervejas, um ruído se iniciou no lado contrário ao cenário, e todos se viraram para trás. Se podia ver um organismo vindo, envolto em seguranças, abrindo caminho em meio à multidão.

Elena surgia do centro do povo direto para o palco. Brinco, que certamente já havia bebido o dobro do que eu, tremia e tentava se aproximar enquanto o barulho começava a aumentar. Ela entrou em cena vestindo meia calça, sapatos roxos e um maiô dourado junto de uma avalanche de gelo seco. Pegou o microfone e antes que pudesse falar sua primeira palavra, foi obrigada a se calar e se curvou em agradecimento, tamanho eram os urros que pareciam ser ouvidos por toda a cidade. Já não se podia escutar nada. Logo, um músico soou o primeiro dedilhar de sua guitarra, Elena fechou os olhos e um silêncio fulminante tomou o salão. Era notadamente um rito. Foi então que ela chorou o primeiro corte de sua voz e iniciou a canção sobre divórcio. Antes do fim, derretia-se em lágrimas para uma plateia atônita. Eu estava petrificado, como todos ali. Não havia se passado uma música sequer, completa, e já valia todo o preço do ingresso. Ninguém falaria um infortúnio caso ela simplesmente acenasse *adiós* e encerrasse o concerto. Ao fim de "La Partida", Elena agradeceu e se apresentou:

— *Buenas noches, bebes. Yo soy Elena, este es mi grupo Vallium. Es oscura la noche en mi pero ustedes me hacen brillar. Si solo puedo decir una cosa desde el fondo de este cuerpo, es: ¡tomame, soy tuya!*[5]

Imediatamente o guitarrista acelerou as articulações e tocou um curto tema sozinho – ele parecia estar possuído. Ao fim, nenhum aplauso. Novamente um silêncio mortal desabava sobre o ambiente. Sem piscar os olhos, uma nova canção foi emendada e para delírio de todos era uma versão inacreditável de "Todo es Todo", o grande *hit* dos últimos anos. Quando a escreveu, o falecido Daniel Rabinovich jamais poderia imaginar que ela seria revivida de forma tão inédita. Durante os três minutos não se ouviu a voz de Elena, muito menos a guitarra. Todos os presentes no salão cantaram sílaba por sílaba a canção da menina de Vallegrand. O concerto se seguiu em tons messiânicos, onde nada importava, nem mesmo a ausência de oxigênio dentro da sala. Na última música, ela colocou a cidade para cantar, regendo todos nós que regozijávamos como pássaro recém-nascido aprendendo o primeiro assovio.

Ao fim do concerto, que pareceu ter durado muito menos do que realmente durou, o local zunia silente. Brinco, pasmo, olhava para mim e só conseguia sorrir, às vezes de forma escancarada, outrora tímido. Nós nos dirigimos para a saída ao meio das pessoas qua-

---

5 Boa noite, queridos. Eu sou Elena, e essa é a minha banda Vallium. É escura a noite em mim, mas vocês me fazem brilhar. Se eu só pudesse dizer uma coisa desde o fundo desse corpo, seria: toma-me, eu sou tua!

se em transe. Lá fora, ao recebermos uma rajada de vento na cara, voltamos a nós e ao que havia acontecido. Brinco disse:

— Eu esperei a vida inteira por alguém como ela. Não é como as outras. Eu tenho certeza de que nós poderíamos dividir uma casa, uma vida, nos apoiar nos momentos em que tudo desabasse, dormir usando uma mesma camisola, tamanho GG, para que nunca nos separássemos. Você entende? É a própria visão de Deus. Se isso é de fato o amor, a existência está por fim explicada.

Brinco falava da sua relação com Elena com uma intimidade que não fazia sentido para mim à época. Eu ainda não sabia que eles tinham se conhecido na adolescência, tampouco que estavam voltando a se falar. Também não sabia que poucos anos atrás ela estava entre os garotos no campo de futebol, que como tantos estavam seduzidos por Mãezinha. Brinco finalizou:

— Essa mulher é minha!

Foi a primeira vez que vi Brinco sério, e também a primeira vez em que ele se abriu para mim dessa maneira. Eu sentia como se algo nos descolasse da realidade que havíamos vivido até aquele momento, porque Elena era uma novidade grande demais para os corações de Vallegrand. Ela ia direto ao ponto de uma beleza comovente que eu já sentia existir nestas terras, com a força da heroína do povo, a triunfar, respeitada e amada pelo fato profundo mais simples, que era ter escolhido ser a si própria, somado ao imaginário de um destino esquivo que todos presumíamos ela ter vivido. Uma noite foi suficiente para definir minha estadia em antes e depois de Elena. Eu estava certo de que as coisas nunca mais seriam como antes. Me sentia apaixonado de maneira gentil e humilde, como se não precisasse de qualquer reciprocidade para me sentir pleno dentro dessa paixão, ao mesmo tempo que a desejava profundamente, e já pressentia que esse arrebatamento roubaria boas horas de minha vida nos dias a seguir.

Voltamos para casa em silêncio, quase como se recolhêssemos as migalhas dos *flashes* que haviam restado dentro de nós daquela noite, do *show*, e de Elena. Quando me deitei para dormir, meu coração seguia a bater acelerado. Um zunido e a imagem dela reviviam na minha cintura um calor que eu havia sentido a última vez apenas a mais de mil quilômetros de distância.

Elena uiva

No calcanhar da lua
Eu a sonho sem trégua
Na flor dura do manguezal
Se eu a tivesse nos braços
Apertaria na medida exata da cura
No turbulento rio da noite
Por onde Ela Elena se esvai

Elena,
Eu te peço que siga
Pisa teu pé esquerdo e direito sobre as minhas coxas
Na cadência da dança na temperatura
Que brota vapor desde a tua lama adocicada
A maquinaria do teu corpo
É a tua salvação

Nós dois adentrando o Cerrado
Cada um em seu cavalo baio
A pele quente do sol e do magma
Do nosso quadril colado ao animal
Te persigo
E a doçura que trocamos lenta ao toque
É porque me decifras

Sem sequer abrir o envelope
E eu te venero porque és a própria natureza viva
E perto de ti o homem vil é estéril.

Elena suga

Meu polegar na terra
Eu a ajudo penteando seus joelhos
Perto do Posto Zero
Se eu estivesse em seu peito
Dormiria na medida exata da cura
Na engavetada cachoeira do dia
Por onde Ela Elena se desenha no chão

Elena,
Eu te peço que cante
Brilha teu seio esquerdo e direito no mundo
Sobre a ira dos néscios que jamais nos entenderão.

Elena pede

Que eu a acerte com força
Eu a sonho no movimento fraterno
Que só a chama dos verdadeiros amantes pode realizar
E em todos os segundos trocados
Teremos em nós eterno candor
No grande dildo do tempo
Por onde Ela Elena recai.

JUNHO

— Precisamos de um documento, senhor.

Logo tirei vinte reais do bolso, lhe entreguei e disse:

— Só tenho esse. Serve?

Ele disse:

— Na próxima precisaremos do documento. Pode subir.

Então eu fui até o décimo andar e toquei a campainha.

Comecei a escrever poemas para Elena porque ela parecia ser a primeira vivacidade que trovoava dentro de mim, como se eu tivesse feito uma incisão em meu peito para que a vida brotasse feito gêiser desde um espiráculo de baleia. Ao mesmo tempo me sentia culpado pelo que sentia, pois diante da forma como Brinco havia se referido a ela, parecia ter prioridade e fazia de mim apenas um coadjuvante dessa paixão, como se ele possuísse as chaves sobre o meu desejo por ela, de modo que mantive em segredo a admiração e a vontade de tê-la. Quando imaginava possuir Elena subornando um porteiro para que subisse ao seu apartamento, começava a girar de modo manual e lento a engrenagem sóciossexual de meu corpo. Eu ainda estava muito distante de qualquer contato real com pessoas, mas de alguma maneira iniciava uma preparação para existir além do trauma físico que carregava. Me apegava ao sonho de estar com Elena porque a primeira centelha de sua semente me transformava, e meu coração, até então uma terra desolada, adquiria os contornos de uma casa.

eu poderia ficar olhando o seu sapato roxo
por horas

é um crime

a dança serpentinada do seu sapato roxo
eu estou parado diante dele há horas
eu sonho a tua costela
que sinto apesar do músculo que a separa de mim
sob a luz do abajur
teu corpo parece uma lousa morena em que digito o meu telefone
coloco as iniciais, e escrevo escrevo escrevo
até que você me bata a página, levando minha mão ao seu abismo
até finalizar a viagem ancorando da forma mais épica
no núcleo da célula crispada na tua fonte

é um crime

a pena forte da sua cálama grossa
eu estou parado diante dela há horas
eu a sinto tão perto de mim
que toco apesar dos membros dormentes
sob a luz das sete horas
meu corpo parece uma lousa morena em que lê minha mão

faz previsões, e lambe lambe lambe
até que eu te deixo muda, levando tuas mãos ao próprio seio
até cambalearmos a viagem cravada sem fim
no desvencilhar do dia que tardou tanto em chegar

eu coloco tua mão dentro da minha boca
você me massageia o coração
começo a sentir o choque lento
e progressivo da tua língua no bico do meu seio
faltam espelhos
para digerirmo-nos a imagem da vida
por fim
explicada
e do desejo no corpo
represado

súbito corremos de mãos atadas em compasso irretocável
e você parece
cantar
enquanto arranha a palma da minha mão
quão curto é o tempo que teremos?

ouve-se o tiro, lágrimas nos fuzilam com o vento
um tropeço e tudo estará perdido!
(mas ancoramos nossas arcadas dentárias uma a outra
na beira do desfiladeiro)

você me chama
eu aperto a tua clave
e sem maestro executamos o primeiro movimento

te suspiro, na sola do ouvido – um pedido
talvez antecipando o teu
e você escala as raízes com pressa
e esfrega a doçura das pregas no veneno do cálamo
com a pressão rudelicada impaciente
e eu preenchido da tua graça e novidade
e do tremor em minhas quatro pernas.

Cálama
da pele quente de algodão
eu abraço a curva que houver

Cálama
eu ajoelho assim que chegar
porque no templo você me coloca
(eu gostaria de morrer dentro da sua árvore de espinho doce)

Cálama
antes de eu ir embora come
a minha alma só mais uma vez

Cálama
toda noite eu sonho
antes de dormir a tua coisa
(furar os olhos não seria escuridão o suficiente para eu não te ver)

Cálama
rancoroso foi deus que te fez
e não te deu pra mim.

Nada é triste como eu

Nada é triste o suficiente

Nada é bonito como você
Nada é bonito o suficiente.

Acordar era definitivamente o pior momento do dia nos primeiros meses na nova cidade. Enquanto tentava, ainda na cama, recuperar a razão sobre os sentidos na prima faísca do novo ciclo, era tomado por um vazio sem precedentes. Essa talvez fosse a grande batalha a fazer repensar a decisão de ter ido a Vallegrand. Em outros dias era a hora em que a partir de bolsos escondidos no pijama eu sacava fotos da mulher antiga, de amigos, até um cartão postal com uma paisagem familiar que talvez eu nunca mais voltasse a ver. Dentro de um choro inevitável, voltava a ser criança – não como uma que cruza em bicicletinha as ruas da cidade, mas sim uma infante doente, que só consegue se aninhar em qualquer coisa que traga familiaridade. Por fim decidi me livrar das fotografias e refrear meus sonhos em relação a Elena, uma vez que, após dias imerso em seu calor distante, meu corpo esfriava a golpes velozes. Havia chegado mais um momento de colar os pedaços da realidade que eu mesmo havia esmerilhado pelo chão da casa. A irracionalidade da carência física e espiritual daquelas manhãs era devastadora e eram nesses momentos em que pensar tomar outro tiro parecia doer menos do que viver nos Cerrados em profunda solidão a desvendar nem eu sabia o quê.

Maestro, meu talento para fazer amigos vem desde nosso encontro, naquela escola maldita. Não posso lhe dizer o contrário. Acredito que as pessoas vêm até nós porque, no fundo, expiramos amor. E isso está em tudo: no jeito que eu manco, no modo com que você segura sua batuta, na delicadeza com que dizemos "licença", "por favor", "obrigado", e até em nossa honesta limitação em expirar amor. Tenho finalmente encontrado sentimentos familiares e você ia adorar conhecer Geraldo e Brinco, meus parceirinhos novos. Eles são excepcionais, e trazem nas costelas a dose exata do que eu estava precisando para criar a ponte entre a ferida e o músculo. Outro dia fomos ao show de uma cantora incrível, se chama Elena Calamus. Tente procurar algum som dela para ouvir. Aqui faz muito calor, mesmo com a chegada do inverno. Às vezes sou tomado por alguma melodia sua e choro ao assoviá-la, mas só por um olho. Logo seco meu rosto com a roupa que coloco pra trilhar as ruas. Nunca sei se estou feliz pelo novo, ou feliz por não ter mais o antigo. Também não sei se estou triste pelo novo, ou triste por não ter mais o antigo. Quando me sinto muito desconsolado, tento figurar como teria sido passar mais um mês por aí, mas tenho certeza de que não estaria mais vivo. Meus vícios e meus amores me edificaram, e quando eu menos esperava, me passaram uma rasteira a ponto de não conseguir mais me levantar. A bancarrota do ego. Se tive que ir embora, foi por mera sobrevivência. Sei que você sabe de tudo isso, mas às vezes escrevo porque preciso repetir as coisas para mim. O amor foi um golpe tão forte, que me deixou uma perna fraca para o resto da vida. Saudades de você, de minha mãe, de meu pai...

Saudades de tudo.

Um beijo.

P.

Consegui, através de Brinco, um emprego de substituto no Restaurante Madonna, na Av. Centenário. Quando alguém faltava ou ficava doente, me ligavam e eu aparecia por lá, efetuando tarefas que não exigiam muita agilidade. Empanar bananas, cortar nhoque, limpar o chão, eu adorava os serviços ordinários nos quais podia esquecer do mundo. Tudo mudou no dia em que Carminha, a gerente, me viu contando piadas na cozinha e logo percebeu uma eloquente simpatia de menino em mim. No dia seguinte eu já comandava o salão, ajeitando fregueses, selecionando mesas e organizando a espera que acontecia – o Madonna estava bombando no começo do inverno. Embora ainda tivesse guardado economias para viver de maneira modesta sem precisar trabalhar, o dinheiro que entrava era oportuno, uma vez que minha conta no Késsy aumentava consideravelmente, e também a "turma do restaurante", embora com zero identificação poética, me divertia e me afastava cada vez mais de meu passado. Tentaram me efetivar a qualquer custo, mas eu não queria fazer de meu exílio um batente rotineiro em ambiente grassado, então me mantive como substituto.

Os dias em que eu era convocado, pedia para Carminha não avisar que eu iria e chegava de surpresa, já jogando a bengala em cima do pessoal – era uma verdadeira festa. O Madonna me trazia novas lições sobre como lidar com todo tipo de gente, das mais ricas às mais humildes. Entre o primeiro tipo, eu me inflava e usava minha facilidade com idiomas para cumprimentá-las em russo, ou italiano, contando histórias da minha cidade natal, exagerando nos detalhes épicos: um sucesso. Um dia, ao notar que Carminha esperava uma chuva torrencial passar para tomar o ônibus no fim do expediente, dei-lhe uma carona até o terminal central no Diamante Branco. Ela me olhou e disse:

— Eu gosto de você porque você é doce, e os homens dessa cidade são todos estúpidos.

A sinceridade terna de Carminha me fez pensar em minha mãe, e a mensagem cândida que ela, sem saber, fincou em mim, reencontrada em alguns poucos amigos, de que o afeto é o verdadeiro milagre entre os seres, e a revolução dos sentimentos é a única a ter potência para algum dia, em profunda utopia poética, modificar o mundo.

OLÁ QUERIDA. BOM DIA MENINO. TANTO TEMPO SEM PODER FALAR. VOCÊ NÃO TEM SAUDADES DE NÓS, MENINO? TANTO TEMPO COMPARTIMOS JUNTOS... MOMENTOS AGRADÁVEIS TANTO NO CAMPO DE FUTEBOL QUANTO EM CASA, MAS HOJE NÃO RESTA NADA DESSES MOMENTOS. ESCREVA, MENINO. JÁ FEZ AMIGOS NA CIDADE NOVA? COMO ESTÁ A PERNA? JÁ PODEMOS MARCAR UM JOGO DE FUTEBOL NOVAMENTE? JÁ ENCONTROU UMA IGREJA TÃO BOA COMO A NOSSA? TENHO SAUDADES, MENINO. NÓS SEGUIMOS TRABALHANDO MUITO NAS OBRAS DA NOVA CASA DE DEUS. HOJE FALEI COM SUA MÃE E A SENHORA GALPIOLI,

E FORAM ÓTIMOS NOSSOS MOMENTOS. APENAS O SEO JOSÉ NÃO GOSTA DE FALAR MUITO DE DEUS, MAS TUDO ESTÁ BEM. O QUE ACHOU DO MEU PORTUGUÊS? ESTOU CADA VEZ MAIS MELHOR! ESCREVA-ME NOVAMENTE E TE MANDAREI AS FOTOS

DO BATIZADO DE EDSON.

ASS: PASTOR OSCAR

JULHO

Vallegrand,

Ponte Buarque de Macedo
Pasmo de água
por todos os lados
a longa espera
o coaxar do rádio ligado
dentro do Diamante Branco
e as chuvas repentinas de julho
a pressão arterial elevada, as batidas
no coração, estou com fome, pensei
mas saberia posteriormente
que era a soma do mormaço com o destino amoroso
que nos introduziria minutos depois

A paixão nasce na vontade de entusiasmos
(e nos seus seios morenos).

Valentino andava me aloprando com uns papos de que eu precisava ter um encontro com o divino, meditação e chás alucinógenos, de modo que dei um tempo do Késsy. Uma quarta-feira fui no Fred's Boliche, pois Geraldo havia dito que o *barman* de lá era um verdadeiro artista. Eu me divertia vendo adolescentes naquele jogo idiota, até que quando estava bebendo minha segunda margarita, sal nos lábios, vi uma mulher passar por mim andando de um jeito peculiar. O seu perfume se misturou imediatamente com o das duas porções de batata frita que descansavam ao meu lado. Uma mistura italiana indígena, olhos distantes e corpulenta. Ao contrário do que costumava acontecer em minha relação com garotas, ela percebeu minha existência, parou no balcão em pé do meu lado e até sorriu. Logo acendeu um cigarro e disse:

—Você não trabalha no restaurante Madonna?

— Sim, sim… sou eu. – respondi, surpreso.

— Sou boa fisionomista, ainda mais você… que não é um tipo comum.

— Isso é bom?

— Sim.

Visivelmente desconfortável, gaguejei na tentativa de dizer algo inteligente, mas nada me saiu. Nos olhamos por alguns instantes, até que ela se despediu:

— Nos vemos no Madonna.

— Ah sim... apareça lá que te dou uma sobremesa grátis.

— Fechado. Qual o seu nome?

— Me chamam de Pitico. E o seu?

Ela deu uma enorme tragada no Marlboro vermelho, me olhou de maneira lenta virando a cabeça pro lado do jeito que os cachorros fazem, como se me examinasse, certificando-se que eu merecia saber sua graça. Antes de partir, disse:

— Meu nome é Suzè.

Como vários acontecimentos nos Cerrados, arrepiavam-me os pelos o fato de serem mágicos, como se o acaso, destino, Deus, como quer que queiram chamar, vivesse num modo elevado em relação aos outros locais. Depois de tudo que ouvira sobre Suzè, seria injusto tê-la conhecido em circunstâncias menos extraordinárias. Mil questões me passavam na cabeça. Geraldo teria falado de mim e preparado uma surpresa? Seria ela realmente um ser iluminado a moldar o caráter de uma cidade e receber qualquer forasteiro com os lábios cheios de sal? Seu aroma de relva supriria o cheiro de vinhoto da usina de açúcar?

Seus acentos e dentes invertidos

Eu acredito mais em você do que na terra que eu piso

Minha cadeira de rodas e o brilho no tornozelo
Eu acredito mais em você do que no pesadelo

de esquecer o meu nome.

O dia em que eu corto o cabelo sempre é um evento nulo em minha vida social por uma razão muito simples: fico com cara de idiota. Por esse motivo, quando descobri o argentino Coluccini, ótimo cabeleireiro na região, comecei a marcar meus cortes em seu último horário, já à noite, quando me dirigia do salão imediatamente à casa para que ninguém me visse. Acontece que naquele mês, por conta de um anúncio na TV local, o salão do gaúcho estava um pandemônio, a ponto de eu só conseguir o corte às dez e meia da manhã. Era pegar ou largar. Quando ingressei no restaurante Madonna ao meio-dia para começar as atividades, fui ao toalete a fim de checar como estava minha pelugem, seca após a caminhada de alguma centena de metros do salão até o restaurante. Minha aparência estava muito pior do que eu havia pensado. A franja havia subido, e a testa parecia ser duas vezes maior. Minha autoestima que já não era grande, se reduziu a um fio de cabelo na enorme panela de molho do frango agridoce. No meio do expediente, que eu torcia fortemente para acabar depressa, quando olhava para baixo, fui surpreendido por uma voz levemente rouca:

—Você é o rei do Madonna, não é mesmo?

Na hora lembrei da frase que meu pai sempre dizia quando o destino pregava peças em nossa família: "Deus é foda". A lendária

Suzè diante de mim e eu parecendo estar de peruca. Não sabia se fingia que não a conhecia e a tratava como um simples freguês dizendo "Pois não, senhora, mesa pra quantos? Bem-vinda ao Restaurante Madonna" ou se corria mancando para a cozinha simulando uma ânsia bubônica. Como não consegui tomar nenhuma decisão, fiquei mudo. Ela chegou bem perto de mim e disse:

—Vim cobrar minha sobremesa grátis.

Olhando para o chão, respondi:

— Claro, claro, senhorita…

Imediatamente chamei um dos funcionários e dei as instruções para que ela pudesse escolher qualquer coisa do menu, que era uma cortesia da casa. Logo evadi:

— Suzè, não é? Pois bem, Suzè… preciso voltar a cozinha. Foi um prazer tê-la no Madonna.

Saí ofegante em direção aos fundos do restaurante, deixando-a falando sozinha. Minutos depois, espiei pelo vidro e ela não estava mais lá. Quando voltei ao caixa, Carminha me entregou um papel, dizendo com risada irônica:

— Parece que alguém vai ganhar um aumento!

Em um charmoso garrancho se podia ler:

Olha pro céu e admira a estrela rosa.

Virei para Carminha, respirei fundo e lhe disse:

— Deus é foda.

Contei a Geraldo sobre meu primeiro encontro com Suzè, fingindo naturalidade, aproveitando para sondar se era uma espécie de coisa arranjada por ele, tentando não soar um apaixonado pela primeira mulher que me apareceu pós-Elena. Geraldo disse:

— Ela ama o Fred's Boliche. Tem uma permuta lá, ganha margaritas e deixa uns presentinhos pro pessoal. E o Madonna ela vai de vez em quando também.

—Você não armou isso não, né?

—Tá me tirando? Ou melhor, tá tirando Suzè? Ela é imanejável.

— Sei lá, Géra, tudo isso é muito louco pra mim. Meu coração tá disparado até agora. Será que eu poderia visitá-la um dia?

— Só se for comprar alguma coisa.

— Sim, eu vou... me passa as coordenadas?

Av. Cerrados, 156.

Na primeira vez que tive a coragem de ingressar, devidamente autorizado, na residência de Suzè, percebi que ela encaixara uma peça no motor dentro de mim que há muito estava deserto, a ponto de já nem me lembrar de sua existência funcional. O primeiro contato revelava tanto como revelaria o último, pois o que estremecia no meu peito já era imagem e semelhança. Me sentei na mesa da cozinha, tirei um dinheiro e ela me retribuiu com um pouco de cânhamo num plastiquinho. Depois me ofereceu chá, suspirou cansada e leu uns versos que acabara de escrever, enquanto reclamava de enjoos. Logo em seguida apertou minha mão por muito tempo, e senti algo parecido a um corte de espada atravessar meu corpo, como num choque, de ponta a ponta. Ao soltar-me, perguntou:

— Por que você demorou tanto?

Ela devolveria o meu sorriso

de onde nunca havia de ter tirado
com o supercílio aymara
oriundo do altiplano de seu bisavô
e eu reconheceria meu fracasso
diante da pele fresca
a minha *soroche*[6] um verdadeiro fiasco
face o teu vigor de eterno raio
com tua língua dobrando-se no horizonte
e lambendo os meus olhos sob o vento do oriente

a tua revolução parece vir do silêncio quando passa
— faz o homem ruidoso calar

a tua seita vem a partir da petrificação lenta que causa aos presentes
quando tua carne triunfa sobre toda ignorância e razão

e toda a invenção do homem é improfícua, é inútil
quando da tua voz soa a seiva
que inventa o fruto que é história e estação.

---

6   Soroche é um enjoo causado em regiões de grande altitude, também conhecido
como mal de altura.

AGOSTO

Bengala,

As coisas estão turvas por aqui, você consegue imaginar? Parece que Maicon vai entrar para a política. Alguns amigos até estão o apoiando. Eu prefiro morrer! Estou num grande bloqueio criativo também, faz meses que não termino nenhuma composição. Pra piorar, preciso te confessar que aconteceu um milagre: abandonei o celibato. Uma década depois, seu Maestro finalmente viu uma genitália. Foi com um rapaz da universidade, fizemos amor como só Oscar Wilde e o teu velho Whitman fariam. Juro que no meio do ato eu lembrei de você, não sexualmente, mas cheguei a rir pensando na gente fumando e eu te contando. Acontece que isso acabou por minar minha concentração que já não andava muito boa, e agora não consigo terminar meus arranjos nem composições. Eu sempre disse que meu recesso sexual era necessário, você nunca acreditou. Agora está provado. Tenho questionado também o fumo na minha rotina. Pitico, eu estou desesperado! O diretor da orquestra me liga vinte vezes por dia e não consigo escrever sequer um contraponto, mas sigo pitando horrores. Eu posso morrer a qualquer momento. Por favor, volte pra cá, você se faz necessário. Não me abandone.

Te aguardando,

✝ Maestro.

Fui ao Késsy numa noite de segunda-feira e reencontrei Brinco, que não havia mais dado as caras desde a noite do show de Elena. Ele estava estranho e muito bêbado. Diante da tentativa de trocarmos as primeiras palavras, apenas grunhia e ficava pegando no meu braço, como uma criança em delírio de febre. Inicialmente, achei que era apenas mais algum de seus gracejos, mas após alguns minutos comecei a me preocupar. Valentino surgiu atrás de mim:

— O que deu nele? Está estranhíssimo. Não conseguiu falar duas frases hoje.

Eu dei de ombros. Brinco parecia ser vida demais para algo abalá-lo. Depois, num estalo, pensei que pudesse ter havido algo entre Elena e ele. Talvez um encontro, talvez a ausência disso. Pouco tempo depois Brinco fez um gesto com as mãos, como se me chamasse para perto. Ao me aproximar, gemeu no meu ouvido:

— Me leva ao banheiro.

Ajudar alguém a limpar a própria boca, ou usar o banheiro é algo que jamais esquecemos. Um ato de confiança, de nobreza extrema, tanto de quem ajuda, mas especialmente de quem é ajudado. Quando o levei, ele se trancou no reservado, de onde saiu poucos minutos depois, já um pouco melhor. Lavou o rosto, molhou os cabelos e se retirou do WC renovado, como Adão pela manhã ao sair de sua cabana. Quando voltamos ao balcão, ele já era quase o velho Brinco que conhecíamos.

— Tino, essas tuas vodcas tão todas falsificadas, num é possível! – e emendou a gargalhada clássica para total ignoro de Valentino. Sentou na beira da poltrona onde eu estava, jogando o corpo para trás sobre mim e ficamos abraçados. Disse:

— Tem *pa* papai?

Eu lhe passei meu copo de *whisky*.

— E aí, Don Brinco! Me conte as novidades! Não nos falamos depois do show da Elena.

— Não menciona o nome dessa mulher!

— Ué? Você não estava apaixonado por ela?

— Não. Foi apenas um disparate e quero que não mencione mais isso. Por que tocou nesse assunto? Quer levar porrada?

Um pouco assustado pela reação extremada de Brinco, me desculpei apenas usando as mãos, num gesto que sugeria calma. Um silêncio constrangedor se instalou no recinto, e por um instante pensei que pudesse ter trincado um para-brisa de amizade entre nós. Era como se minha pergunta o tivesse ferido no único lugar onde ele jamais perdoaria. Nem ousei dizer que também havia ficado mexido pelo show e tido sonhos obtusos com Elena. Tentando amaciar o duro golpe, lacei seu pescoço com o braço direito e o coloquei para descansar sobre meu peito. Em determinado momento meia lágrima escorreu de um dos seus olhos. Visto sua reação brusca, não cabia a mim tocar no assunto novamente, porém a taciturnidade de Brinco era óbvia, e sua clareza, soturna.

—Vamos dar uma caminhada? – eu disse, e antes que ele pudesse rechaçar o convite, levantei da poltrona levando-o comigo.

— Ouvi dizer que as mangas da Av. Cerrados estão tinindo! – Fiz o sinal de pendura para Valentino e saímos. Milagrosamente um vento cortava a cidade.

— O amor é dureza, Brinco.

— Por que você tá falando isso pra mim?

— Nada não… só pensando alto. Ainda não consigo esquecer certas coisas que aconteceram há, sei lá, dois, cinco, dez, quinze anos.

— Bah. Imagina se tivesse acontecido ontem.

— Pelo menos você poderia homenagear em bronha com mais doses de realidade – eu disse, e sorrimos em suposta confidência heterossexual, quase que destrincando o astilho da minha pergunta anterior sobre Elena, no bar. Em seguida Brinco tirou um corote de cachaça do bolso da calça e começou a beber de maneira rápida.

— Calma, Brinco, assim você não consegue subir na árvore.

— Quer ver?

Ele lançou a granadinha de álcool na minha mão e escalou como uma jaguatirica uma enorme mangueira da Av. Cerrados.

— Prepara a cesta, meu amor!

Imediatamente tirei a camisa e improvisei um saco. Brinco me arremessava as mangas, que eu com quase total êxito agarrava e armazenava. Minutos depois já não cabia mais nada no pano e o cheiro da manga-rosa vallegrandina tomava toda a rua, subtraindo inclusive o protagonismo das damas da noite, que costumavam inundar os narizes de todos àquela hora de breu. Sentamos na calçada, nos pusemos a comer os frutos e não tardou muito para a esfiapada combinação de cachaça e manga render palavras de Brinco:

— Manco, meu amor, sabe o que é? A verdade é que eu fiquei louco por ela. De um jeito que nunca imaginei que pudesse ficar por ninguém, ainda mais depois de certa idade. Passado aquele dia, consegui seu telefone e a gente marcou um encontro. Sabe o que ela respondeu quando eu lhe disse tudo que estava sentindo? Ela disse a palavra "patético". Eu nem precisava saber o que significava, só o som foi o suficiente pra querer morrer.

Brinco soluçava, não de lágrimas, mas ao beber, e seu relato se adensava qual uma clausura. Ele seguiu:

— Puta que pariu. Precisava disso? Depois tudo ficou muito tenso, eu não conseguia mais agir naturalmente.

— Às vezes é um teste, Brinco. Um jeito dela de ter cuidado pra não se machucar.

— Se ela não viu amor em mim, onde ela via? Eu não quero algo escondido, eu não me importo se algumas pessoas vão nos criticar, eu estou disposto a tudo, eu amo essa mulher, ela faz nascer em mim uma coisa que eu nunca senti antes.

Meu silêncio diante da grandiosidade das palavras de Brinco foi irrompido por suas lágrimas, agora verdadeiras, que o transformaram rapidamente num garotinho diante de mim. Fui para perto dele, colei sua cabeça junto da minha. Quando ele levemente se recompôs, eu lhe disse:

— Brinco, às vezes o amor não basta. Você não sabe porque eu manco? Pois bem. Eu nunca disse pra ninguém, mas pra você eu vou dizer. Eu tomei um tiro, eu vivi a ruína de um grande amor, porque ele me deu uma possibilidade de ser algo além da miséria que era a minha própria vida. Amor desses que chega e muda tudo, que nos afasta de nós mesmos, de nossos amigos, de nossas coisas, e o fazemos com angústia, mas também com felicidade, com propósito, apenas para sentir, viver aquilo. Eu dei tudo e fiquei sem nada... só me restou essa perna como lembrança. E eu não posso culpar ninguém por isso além de mim. Cada pessoa carrega um mundo tão grande dentro de si, que muitas vezes, simplesmente, o amor não basta. Você não sabe o que Elena passou, não pode medir suas decisões apenas pelo amor que você sente. Eu aceitei tanta coisa... Eu que nunca fiz mal a ninguém, aceitei quase morrer com um tiro, e mesmo sabendo que é errado, talvez fizesse tudo de novo. Nem acredito que estou sendo capaz de repetir isso, mas eu acho que faria tudo de novo. Foi um terremoto em mim. Perto dessa sensação, o amor próprio é uma piada. Um segundo de morte em vida pode ser mais forte que uma vida inteira em inércia. O problema mesmo é que depois que a gente goza, o sol se levanta.

— Achei que você era manco de nascença.

— Já joguei muita bola. Fui um grande goleiro, inclusive.

— Não parece. Ombros mirrados, baixa estatura. Arqueiro anão?

— Te olvidaste de Jorge Campos, Brinco?

Ele sorriu sem responder. Seguimos caminhando de volta ao Késsy para pegar o Diamante Branco, pois eu lhe havia prometido uma carona até a escola, onde ele dormia. O meu relato parecia ter funcionado ao humanizar a dor que ele sentia, ao que parecia, inédita até então, a ponto de ele dar mais detalhes sobre o acontecido quando já estávamos no carro.

— Se ela tivesse me mandado embora no meio do encontro, acho que seria menos pior.

—Achei que tudo tivesse acabado quando ela disse "patético".

— Antes fosse. Depois de ter negado minha declaração e ter dito outras coisas horríveis, pediu duas gin tônicas na comanda dela. Bebi sem dizer nada, mesmo odiando aquilo. Na terceira rodada daquela merda, pegou no meu pau por debaixo da mesa, olhou no meu olho e disse – não era isso que você queria? – Partimos na hora pro Alice Motel, ali do lado, a pé mesmo. Ela chupou meu pau, eu chupei o pau dela, depois a penetrei como se estivesse fazendo carinho na alma de Deus. Ela foi a mulher mais amada que essa cidade já viu, eu te garanto. Gozamos juntos, e eu disse: – Você podia morar comigo – mas ela não respondeu. Tentei dar um abraço, ela se esquivou. Então vestiu as roupas e saiu. Tentei ligar várias vezes naquela noite e nos dias seguintes, ela nunca me atendeu.

Tentando fingir naturalidade após o relato, eu disse:

—Vai ter show dela em Cuyaba daqui duas semanas, podemos ir e...

— Cala a boca – me interrompeu Brinco. Foi ali que percebi que o depoimento dele era quase um atalho fora da dureza da realidade na relação entre os dois. Ele seguiu:

— Me ajuda a entender. Ela me odeia? O que fiz errado?

— Calma, Brinco. Talvez ela não tenha se sentido à vontade... você não foi com muita sede ao pote?

— O amor não é isso?

— Sim, mas o amor tem favos e tem caldos quentes, ao mesmo tempo que faz bem, faz mal.

—Vai tomar no cu.

E minha resposta foi sorrir os largos dentes, ação que ele seguiu prontamente lacrimoso, com o velho candor recuperado. Foi ali que ele percebeu definitivamente que eu poderia ser para ele um confidente, numa Vallegrand careta, e talvez fosse mesmo apenas em mim que Brinco poderia descansar suas novas experiências, contando-as em sua totalidade, com seus detalhes íntimos, pois sabia que eu não ofereceria qualquer julgamento. Por fim, me surpreendeu com o convite:

—Vamos vê-la em Cuyaba?

Eu treinei longamente em meu quarto o convite que faria a Suzè, para que fosse comigo ao clube feminino. Comprei um terno em estilo marinheiro em um saldão da escola que Brinco estava trabalhando. Quando cheguei em sua casa, para o chá da tarde que eu tentava tornar tradicional, fiquei muito nervoso. Experiente, ela rapidamente percebeu que algo estava fora da normalidade. Provavelmente para me provocar, lançou:

— Sabe que eu acho charmoso o jeito como você manca?

Eu corei de imediato. Não consegui dizer mais nada. Só imaginava a cintura quente dela na minha mão direita. Quando alguém a chamou do lado de fora da casa, eu fiquei de pé e consegui me recompor. Em sua volta, eu já estava novamente pronto para a proposição, mas Suzè se antecipou:

—Vamos ao Mirante?

— Agora?

— Sim... ver o pólen da estrela.

— Eu combinei de encontrar o Geraldo.

— Tá apaixonado por ele também?

— Às vezes.

Suzè me olhou com ternura, separou uns cigarros e fez um caminhar elegante até a porta, que eu prontamente acompanhei. No caminho me passou um baseado, que guardei no bolso da perna ruim. Ela me perguntou:

— O que você veio fazer aqui em Vallegrand?

— Hum… oportunidades. De onde eu venho tudo estava estagnado.

— O Geraldo me disse que você veio esquecer um grande amor.

— O Geraldo é louco. Não acredite nele. Será que podemos ir mais devagar?

— Ah, claro, eu esqueço que você… eu ando rápido mesmo. Mas me diz, qual é a sua? Tá me querendo?

— Uau. Eu não estava pronto pra essa pergunta.

— Então não está pronto pra me querer.

— Eu, eu estou sim. O que você quer de mim?

— Eu me recuso a ter menos do que tudo.

Era certo que eu morreria de taquicardia. Logo que chegamos ao Mirante, nos detemos a olhar a cidade, esfumaçada pelo mês de agosto. Tomado por uma coragem desconhecida em minha biografia, enlacei Suzè, e ficamos abraçados de lado, costela com costela.

— Menino, você sabe que quando a gente menos esperar, tudo vai acabar, não sabe?

E lentamente Suzè se desvencilhou de mim, começando a fazer o caminho de volta. Quando eu, naturalmente, virei-me a segui--la, me deteve:

— Fique aí. Às vezes é bom pra pensar. A gente se vê outro dia.

— Não vai embora.

— Eu estou indo embora por você.

— E o pólen, Suzè?

—Você é a estrela.

— Eu vim aqui admirar a estrela rosa. Você não pode ir embora…

— Não é bom chegar muito perto da luz.

Suzè se virou e seguiu um caminhar melancólico. Nosso diálogo era infantil, carregava uma ingenuidade difícil de crer, mas era isso que me deixava mais confuso em relação a ela, e tão receoso de praticar qualquer avanço. Não sabia precisar se a juvenil idade e poesia em nossas conversas era fruto de sua leseira maconhada, ou se ela estava apenas jogando comigo. Suzè parecia ter experiência demais para reter os próprios desejos, mas seu absoluto controle da situação repelia novo galanteio de minha parte. Com medo de outro rechaço, decidi voltar à casa e treinar melhor o convite para o baile no clube feminino.

Maestro,

com o coração em chamas te peço para que não mais me escreva, ao menos por um tempo. Eu entendo seus dilemas, mas tenho certeza que você triunfará sobre tudo isso. Fico deveras feliz por sua incursão sexual, eu sempre lhe disse que a troca de fluídos é importante. Se você tivesse sido menos teimoso, eu poderia ter ajudado com isso há tempos. Por aqui tudo está diferente, parece que minha vida finalmente encontrou uma rua para caminhar para além dos caminhos de pedra do passado. Infelizmente, o seu drama está a me puxar para trás e não posso conviver com isso caso queira sobreviver, pois sinto a vida nova a cada esquina, como se cantasse, como se queimasse. Te dou um conselho de quem precisou de sonhos para respirar nos últimos meses: se você consegue ver um abismo diante de ti, não deve ser tão difícil imaginar asas para traspassá-lo. Vai ser bonito vermo-nos crescidos, e é caminhando que curarei essa perna, e você, os teus bloqueios. Até um dia. Diga para minha mãe que estou bem e feliz. Obrigado por tudo. Eu volto, mas não agora.

Amor,

Pitico.

Brinco havia me convidado para ir numa quermesse promovida pela escola que ele trabalhava. Segundo relatos, era um pandemônio, sem deixar claro se era um programa interessante ou algo a ser evitado. Como os ares rarefeitos de Vallegrand começavam a me proporcionar os primeiros prazeres e esperanças para além do papel, resolvi seguir os trajes recomendados e parti para a festa perto das dezoito horas, de camisa de flanela e calça larga.

A duas quadras da escola já se podia sentir aromas pertencentes ao evento: milho cozido, amendoim torrado, pólvora e cânhamo. Duas filas de banheiros químicos perfilavam a rua e ao fundo, um pequeno palco e muita gente se acotovelando para comprar bebidas. Depois de alguns minutos perdido, avistei Geraldo, ao lado de uma barraca de comida, conversando com Valentino, e os saudei imediatamente:

— Olá, meus príncipes do Cerrado!

— Manquinho! – disse Geraldo.

Abracei Valentino, e Geraldo fez questão de beijar-me na boca.

— Isso vai dar casamento um dia, hein? – disse Valentino, rindo de nossa modernidade cognitiva.

Era interessante ver como Geraldo gostava de demonstrar novas formas de afeto, como se quisesse dizer para a sociedade vallegrandina que as coisas andavam a mudar rápido. Posteriormente, tudo isso faria ainda mais sentido conforme ia me aprofundando na personalidade dele e de Suzè, os Lannes Mezzetti.

Pedi um cigarro a ele, e ficamos fumando enquanto admirávamos a fauna do evento. Ao contrário de minhas suspeitas e forte imaginação, era apenas uma típica festa de interior. Algumas crianças, velhinhos, nenhuma anormalidade. Nas horas seguintes me ocupei em comer os quitutes locais e a bebericar com eles. Brinco, o maior incentivador da minha presença, ainda não havia chegado, porém, por volta das dez horas, sinto um hálito de cachaça na minha nuca e uma mão quente no meu pescoço:

— Oi meu cuy cuy... Olha quem chegou!

Quando me virei, abracei Brinco imediatamente. Tendo minha embriaguez já consolidada, encontrá-lo era ainda mais alegria para meu coração.

— E aí, guerreiro. Onde você tava?

— Uma festa dessas a preparação tem que ser séria – disse ele.

Com a partida de Valentino, apresentei Brinco a Geraldo, imaginando a potência desse encontro, para o bem e para o mal.

— Géra, esse é o Brinco. Nunca se trombaram no Késsy?

— Fala parceiro, tudo dentro? Já vi você lá sim, mas sou tímido – disse Geraldo, rindo.

— Se melhorar, fica bom – respondeu Brinco, um pouco desinteressado.

Geraldo apertou a mão de Brinco de maneira consistente. Antes que eles pudessem começar alguma conversação e eu analisar o encontro entre os titãs, uma voz surgiu quase histérica nos alto-falantes:

— Boa noite, Vallegrand! Vai começar, vai começar, vai começar a brincadeira! Quem virá aqui no palco cantar uma para nós? Ganha brinde! Ganha *drink*! Só não me ganha porque eu já sou de vocês! Ráaaaaaaaa!

O volume estava tão alto e o sujeito gritava tanto que qualquer outra ação na festa foi interrompida. Logo uma moça que aparentava pouca idade subiu ao palco e começou a cantar numa espécie de karaokê ao vivo, com um baterista e um tecladista que soltava bases musicais em timbre tosco. Sucessos locais se mesclavam a *hits* do momento. Levemente atraído por um rapaz que subira ao palco para cantar uma canção folclórica, só percebi posteriormente que Brinco e Geraldo se afastavam lentamente do nosso posto, em direção ao fim da rua. Perguntei gritando o que estavam indo fazer, mas o som do palco abafou minha voz.

Comecei a segui-los e me detive quando vi os dois entrarem juntos num banheiro químico. Curioso, esperei escondido atrás de uma barraca a fim de não ser visto. Cerca de três minutos depois, os dois saíram com os olhos estatelados, e eu percebi que Geraldo havia dado algo para Brinco. Fiquei ligeiramente preocupado, pois Brinco já andava a mil por hora e ultrafragilizado com os episódios de Elena. Nesse momento, discretamente voltei para onde estávamos e esperei que os dois chegassem. Não fiz nenhuma pergunta, apenas seguimos assistindo as apresentações e bebendo. Brinco me fitava com as pupilas dilatadas e um olhar amoroso, quase infantil, como se pedisse ajuda. Eu retribuía com o semblante mais afetivo que poderia proporcionar a ele. Geraldo ajeitava o cinto a todo instante e mastigava um chiclete imaginário.

— E ai Géra, tu tá bem?

—Tô interditado, Pitico. Não consigo nem falar de tão doido que eu tô. Você não faz ideia o inferno que tá aqui dentro.

A verdade é que eu adorava ver Geraldo daquele jeito, pois ele ficava muito engraçado e extremamente gentil, diferente dos cocainômanos clássicos que desandavam a falar léguas submarinas em direção ao próprio ego. Foi nesse momento que eu percebi que um fluxo imenso começava a povoar os banheiros químicos da quermesse, onde os homens e mulheres entravam juntos em dois, três, ou se apertando em até quatro pessoas. Ficou claro para mim que àquela altura a festa era outra; se antes uma inocente quermesse familiar do bairro, perto da meia noite, já se tornara uma infernal feira narcótica. A vampiragem corria solta e eu, tentando ser angelical, fui mais para perto do palco, sozinho. De repente, violeiros começaram a subir para tocar de forma acústica, sem a presença do baterista. Após alguns temas do Cerrado, instaurou-se o "microfone aberto". Pessoas diversas subiam e tocavam alguma canção. Em certo momento, Brinco surge por trás de mim, e fala:

—Vamos chorar igual cachorro novo? Vem comigo.

E então me levou até a lateral do palco, me puxando pelo braço para que ficasse atrás dele, aproveitando que a fila para as participações havia terminado.

—Você toca um violãozinho, num toca, Pitico? Vou tocar uma, depois você toca alguma coisa da sua terra.

— Faz tempo que não, Brinco... acho melhor não.

— Olha como essa gente tá... você vai fazer bonito.

Antes que eu pudesse negar o convite, Brinco foi chamado e subiu ao palco. Em discreto cambalear, vestiu o instrumento, me olhou nos olhos e disse:

— Boa noite, pessoal. Eu não sou nascido aqui em Vallegrand, mas passei muito tempo da vida por essas bandas. Sendo assim, vou tocar uma música que fala sobre as pessoas dessa cidade.

Nesse momento o apresentador cochichou em seu ouvido algo, Brinco sussurrou de volta, e então o homem lançou ao microfone:

— Muito bem! Agora com vocês: Brinco! Executando a canção "Manual Para Sonhar de Olhos Abertos", da nossa Elena Calamus!

A estrada que peguei dentro de mim quando Brinco começou a cantar foi oracular.

Manual Para Sonhar de Olhos Abertos

— letra de Elena Calamus

Quando chega a hora da vida de atravessar a selva escura
Me chama
Quando de súbito mudar nos corpos o sentido dos caminhos
Você me entenderá

Me procura na tempestade
Me encontra debaixo dos teus sapatos
Eu vou te esperar

Aquilo que te pede muito não é de verdade
Aquilo que te pede pouco não é quente
E eu só quero quente

Aqui está o meu manual
Para sonhar de olhos abertos

Quando chega a hora da vida de deixar tudo que não é mais teu
Me segue
Quando de súbito mudar nos corações a fotografia das noites brancas
Canta pra mim

Me escuta na voz dos cães
Sente o meu sopro nas tuas pernas
Mas vive o novo

Quanto é bonito estar vivo?
Quanto é bonito ser eu mesma?

Aqui está o meu manual
Para sonhar de olhos abertos

Para quando você perceber
Que a escuridão era cômoda

Quando eu te encontrar
(Quando?)
Eu te salvo dessa vida
Eu te conserto o coração
Então me diz se você quer ficar,
Mas enquanto não te decide

Aqui está o meu manual
Para sonhar de olhos abertos

(... porque eu te salvo dessa vida
Te conserto bem o coração
Então me diz se você quer ficar
Ou me diz se você quer ir embora
É o que você quer?
Que eu te salve dessa vida?
Então me procura na tempestade
Pois há muito faz calor
E o novo faz sempre festa
É isso que você quer
Para sonhar de olhos abertos?)

Eu não conhecia a canção de Elena entoada por Brinco e estava feito em pedaços. Como podia uma artista estar em todas as partes do meu corpo? Como podiam esses versos brotarem desde a cepa das mangueiras aos bueiros dos Cerrados, ou até mesmo debaixo dos meus sapatos? Eu estava inundado de lágrimas agridoces que escorriam por todo o meu corpo e caíam na terra, que parecia bebê-las profundamente grata por sua mineral irrigação. Brinco havia tocado a música de forma errática, mas as palavras que ele entoara brilhavam fortes como carvão em brasa na minha alma e pouco importava o fato de chegarem pela via de um bêbado que mal sabia escolher as notas ou por uma orquestra perfeitamente acordada. Ele desceu do palco com os olhos marejados e me abraçou.

—Vai, Pitico! É a sua vez!

Eu estava em prantos. Não haveria a mínima condição de tocar ou cantar nada. Sentei-me no meio-fio, ação que foi acompanhada por Brinco, e comecei a vomitar um pouco. Quando percebi, ele também chorava, mas dessa vez de maneira feliz e leve, como se estivesse satisfeito por ter me emocionado e de certa forma resignado a seu próprio destino.

— Pitico, a gente tá fodido, porque a gente ama demais.

Ao diminuir os soluços, respondi a ele:

— Foda-se.

Brinco riu, pois sabia que eu me defendia da sua profunda afir-mação sobre nossos corações. Depois disse:

— Eu tô me cagando de medo de sábado.

Pensei por um instante sobre o que ele se referia, em minha ânsia convulsionada pelo álcool. Eu havia me esquecido que logo have-ria o concerto de Elena e que havíamos combinado de ir juntos. Um pouco recuperado, perguntei:

—Tem falado com ela?

— Nunca mais me atendeu.

— No show você fala com ela pessoalmente.

Brinco respondeu com um olhar levemente incrédulo a minha tentativa de consolo.

—Você é meu irmão, não é, Pitico? Pois queria te pedir uma coisa. Toca uma música pra mim.

— Mas eu mal sei segurar um violão, Brinco.

— Ah, não importa... você é um forasteiro, eu também. Eu já conheci pessoas tão fodas na minha vida, e elas desapareceram. Não porque não me amavam, nem porque deixaram de ser verdadeiras comigo... apenas porque a vida é assim. As coisas passam muito rápido. E eu sei que daqui muito tempo eu estarei longe e vou me lembrar de você naquele palco tocando uma música pra mim.

Brinco era um homem muito simples, portanto me rasgava o peito quando ele irrompia em comentários sensíveis como aquele, pois também eram carregados de uma sabedoria humana profundamente simples. Não sabendo muito bem por onde começar, ou o que fazer, aceitei o convite dele e segui o caminho do palco.

— Tô nervoso, Brinco! Porra, nunca nem falei em público.

— Peraí, vou te dar o remedinho.

Em menos de um minuto, enquanto eu aguardava na fila para o palco, ele retornou com dois copinhos de cachaça. Olhou pra mim como se me desafiasse, não dizendo nada além de "um, dois, três e... já!". Viramos os copos e eu já estava totalmente zonzo. Quando subi no palco, talvez pelo nervosismo, recebi uma dose de adrenalina dos céus. Peguei o violão de um modo desajeitado e o apresentador veio até mim. Passei-lhe a informação, ele fitou minha perna manca e logo meu nome foi anunciado:

— Agora esse menino especial, que vem de longe pra cantar uma canção da terra dele pra vocês!

Depois tirou o microfone da boca e me perguntou:

— Qual a sua cidade?

— Longe, muito longe.

Retornando ao microfone, finalmente fez a apresentação:

— Pois bem! Parece que ele não quer falar sua origem! Está fugindo de algo, menino? Ráaaa! Quando é assim deve ser do Leverger e tá com vergonha de dizer! Ha ha ha! Com vocês... Pitico!

Olhei para Brinco, que me fitava com um colossal sorriso na beira do palco e me aplaudia ferozmente. Retribuí o sorriso da maneira mais sincera que podia antes de pensar como começar aquele número. Fechei os olhos, mesmo tremendo os dedos sobre o braço do violão, e num raro momento de mergulho prazeroso em meu passado, tirei de uma casa desabitada da memória os acordes e a melodia de "Polaca Azeda", da banda Charme Chulo, a minha favorita da adolescência.

"Eu sou pequeno,
Você é maior que eu
Você me humilha
E quanto mais eu morro, você mata"

Antes que eu pudesse chegar no estribilho da canção, ouvi um enorme estrondo vindo da esquina. A música foi imediatamente suspensa e uma gritaria iniciada. Desde o palco, com visão privilegiada, pude reconhecer Geraldo no meio de uma confusão generalizada e um banheiro químico derrubado. Tirei o violão dos ombros e desci rapidamente na direção de Brinco:

— É o Geraldo, vamos lá!

Quando chegamos, consegui ver Geraldo desaparecendo no fim da rua. Sem demonstrar de que lado estava na briga, ouvi um homem dizer:

— Eu ainda vou matar esse viado. É por conta de gente igual ele que esse lugar tá assim.

Em meio a minha etílica noite, tentava processar toda aquela informação. Brinco estava calado, e eu, além de preocupado com a integridade física de Geraldo, a pensar sobre como os Lannes Mezzetti incomodavam aquela cidade que se revelava extremamente conservadora para todos nós. Geraldo era luz em demasia para ocultar sua sexualidade e seus vícios, assim como Suzè a sua doçura infinita e desvelo pelas leis mediante os encontros divinos. Um pouco trêmulo, recebi um fraterno abraço de Brinco, que disse:

— Bah, Titico, você só tem amigo doido, hein?

Sem conseguir sorrir, andamos lentamente em direção à Avenida Cerrados, a festa havia acabado. Em silêncio, eu pensava sobre como a fragilidade caminha lado a lado com a alegria, com as personas realmente espetaculares. Ninguém muito consistente conseguia brilhar por muito tempo, pelo menos não para mim, que era apaixonado pelas figuras plenas de falências e humanidade. Brinco naquela noite parecia carregar um ar responsável, como se estivesse me estendendo um posicionamento paterno, ou de irmão mais velho, quase que ingenuamente, porque sabia que eu tinha a consciência de seu iminente desmoronar emocional. Demos um abraço apertado quando nos despedimos na frente do Santa Mônica, combinando um novo encontro dali a dois dias, e a sua barba rala e seu hálito de cachaça lembraram a última vez que eu havia abraçado meu pai.

Brinco e eu pegamos o ônibus para Cuyaba juntos, linha Pirineu via Ponte Nova, uma vez que o Diamante Branco ainda estava *sin papeles* e era muito arriscado cruzar fronteiras municipais com o veículo. Brinco estava calado, não respondeu quando eu perguntei se havia tentado falar com Elena naquele dia, avisando-a que iria ao show. Diante do silêncio, nem ousei pedir se não teria um jeito de entrarmos no camarim, já que haviam tido o furtivo encontro em tão pouco tempo. No fundo eu só pensava em conhecê-la, beijar suas mãos e agradecer, dizendo o quão importante ela havia se tornado para mim. Nunca nenhum artista tinha mexido tanto comigo quanto Elena. Posso afirmar com plena certeza que se não fosse sua canção "Existe Uma Voz Que Ninguém Cala" eu teria jogado o Diamante Branco na direção de algum poste no fim das madrugadas enquanto dirigia para casa. Era a dona do meu rádio. Perdi a conta de quantos poemas escrevi para ela, e de quantas vezes acordei no meio da noite em ereção vulcânica ao sonhar seu andrógino aroma.

O semblante distante de Brinco era denso e compreensível. Só imaginar passar um segundo junto de Elena seria suficiente para virar o mundo de qualquer um, ainda mais dele, um ser ultrassensível, o meu anjo do pantanal. Quando o concerto começou, ele ficou muito inquieto, e me confessou que não sabia se ia para a primeira fila olhá-la nos olhos de uma vez ou ficava no fundo, como um espião a reconhecer o terreno. Brinco ficou com a segunda opção, pois apenas um olhar de rechaço por parte dela vindo do palco bastaria para destelhar sua pequena casa do coração. Eu estava dividido na preocupação com meu amigo, mas não conseguia ocultar o furor dentro de mim de revê-la ao vivo. Poucos minutos após nossa entrada, fez-se todo o *mise en scène* já conhecido e rapidamente Elena estava no palco. Dessa vez usando apenas um vestido curto, pré-anunciando setembro, o mês mais quente dos Cerrados, era a própria visão da existência de algo superior. Antes de começar a terceira canção, anunciou:

— *Esta música é um manual para como proceder quando eu não estiver mais aqui, mas serve também para quando alguém que você ama não estiver mais. Vocês me amam o suficiente pra que eu fique aqui pra sempre?*

Um sonoro "sim" vindo de nós precedeu a contagem do baterista e pude ouvir novamente a canção que Brinco havia tocado no dia da quermesse e que mexera tanto comigo. Eu estava na terceira fila, e Elena cantava olhando nos olhos de cada um dos presentes. Posso afirmar que naquele dia ela me fitou justo no momento que disse *"me procura na tempestade"*. Depois que isso aconteceu, me lembro de ter fechado os olhos e respirado fundo, como se fincasse com minha bengala um marco naquele ponto, aquele momento da vida, para que ele nunca mais fosse esquecido, ou apagado da memória. Foi como se o tempo parasse, e eu perdido num tempo-espaço dilatado fizesse um inconsciente *review* de tudo que havia passado nos últimos meses. A paixão, o tiro, a dor, a viagem, Vallegrand, Elena, e tudo que havia nascido dentro de mim em tão pouco tempo. Quando voltei a mim, profundamente emocionado, fui abrindo caminho na multidão para chegar na beira do palco de maneira bruta. Em poucos segundos, eu já estava colado na grade que separava Elena da plateia. Apenas na canção seguinte lembrei-me de Brinco, que não havia me seguido, porém eu continuava vidrado nela, quase absorto. Deliciei-me com cada melodia, cada olhar, cada gota de suor que vinha de Elena. Durante o solo de guitarra de "A Fome Que Me Come", ela começou a dar a mão para algumas pessoas, que imediatamente se acotovelaram para encostar em sua musa. Foi nesse momento que criei uma força sobrenatural, ignorei minha perna, derrubei a bengala, agarrei na grade e no ombro de um sujeito alto do meu lado e o escalei até o momento em que consegui segurar na mão de Elena por cerca de dois segundos. Eu não estaria mentindo se dissesse que foi um dos momentos mais fortes da minha vida. Quando o agreste das alegrias inunda o oceano do ser, qualquer alento é um milagre, e Elena era um oásis de sensações em meu corpo, que por mais que às vezes sonhasse com Suzè, tudo estava longe de ser real, e uma vez que nada era real em minha carne, eu me permitia sonhar com o terceiro sexo, o verdadeiro cachalote dos sentidos.

Quando o concerto terminou, voltei-me para trás para procurar Brinco, mas ele já havia se perdido na multidão. Minha preocupação foi aumentando na proporção que a plateia se adelgava e não havia nenhum rastro dele. Tentei ir atrás do palco, a ver se ele estaria com ela, mas um segurança me deteve e disse que Elena já havia deixado o local, pois teria uma outra apresentação ainda aquela noite em Santa Maria de Sorata.

Meu retorno só não foi mais triste porque eu ainda nutria românticas esperanças de que Brinco houvesse penetrado a van de Elena e seguido viagem com ela, como uma primeira-dama faz a seu presidente, muito embora eu soubesse que as chances de isso acontecer fossem mínimas.

Na volta, melancolicamente dentro do mesmo Pirineu via Ponte Nova, dessa vez sozinho, eu olhava em todas as valas, pontos de ônibus, botecos de estrada. Eu sabia que podia encontrar Brinco maltrapilho e destruído em algum deles. No fundo lembrava de mim mesmo, meses antes, num pós-operatório doloroso com uma perna podre, na miséria da alma que só o amor provado e depois não correspondido pode fincar. Eu sabia que estar com alguém por uma noite poderia ser pior do que não ter estado. Temi que ele jamais se recuperasse.

A Fome Que Me Come

— letra da canção de Elena Calamus

Qual o nome
dessa fome que me come
dia e noite, noite e dia?
Às vezes eu nem saio na fotografia
Te deixei pra me encontrar,
mas me perco em toda via
nesse grito pra estar viva
Talvez sem você
eu estarei menos perdida

Qual o nome
dessa fome que me come
dia e noite, noite e dia?
Esse sono que me deita toda noite, noite e dia
Às vezes eu nem durmo de tanta alegria
Às vezes nessa dor aguda
de nunca ser completamente coisa alguma

mas se ainda resta um sentido,
se ainda resta um motivo...

é a fome
que me come
é a fome.

SETEMBRO

Eu já estava quase bêbado, e planejava beber muito ainda aquela noite no Késsy tamanha era a minha desolação daqueles dias após o show de Elena, até que ouvi a conversa de uma mesa que dizia:

"Sabe quem acabei de ver na Av. Cerrados? Suzètte! Tava com aquela cara de doida."

Um arrepio me subiu pelo corpo e saí imediatamente do bar sem dar maiores esclarecimentos, fazendo apenas o sinal para que Valentino anotasse meu consumo.

Eu havia criado o hábito de voltar a pé do Késsy nas madrugadas, que mesmo com algum perigo ou outro, além da lerdeza que minha perna me proporcionava, ajudava a evaporar um pouco o álcool do corpo e aproveitar a rara brisa vallegrandina que soprava perto das duas da manhã. Esse dia me amaldiçoei por não estar de carro e perder quase meia hora até o local onde diziam estar Suzè. Quando cheguei ao início da Av. Cerrados, pude vê-la sentada sobre uma mureta, fumando uma ponta. Fingindo surpresa pelo encontro e tomado por uma simpatia etílica, avancei sobre ela e lhe dei um delicado abraço, com sincera amizade e afeto.

—Você é tão petiquinho que dá vontade de levar embora.

— Não fala isso, Suzètte – respondi sorrindo.

— É verdade… fico em dúvida se te queria como meu homem ou como meu anjo.

— Eu posso ser o que você quiser…

—Você só pode ser o que você mesmo quiser, Petí.

Eu sabia, mesmo sem total consciência disso, que era minha primeira vez com ela estando no modo "garoto", cheio de vida e coragem, por conta do álcool, com força para galanteá-la e talvez, até beijá-la. Ousado, versei:

— Me enrola nas tuas pernas e me leva desse mundo.

Suzè me admirou em silêncio por alguns segundos, como se tentasse assimilar minha súbita natureza poética, que eu ainda não tinha tido oportunidade de revelar a ela. Em seguida jogou fora a ponta do baseado, se levantou e apenas piscou para que eu a seguisse. Descemos a avenida Cerrados em direção ao rio.

— Quero te levar no meu lugar favorito de Vallegrand.

Em menos de dez minutos estávamos na beira da mata que nos separava do glorioso rio Cuyaba e já se podia sentir o cheiro de peixe de forma total. Quando pensei que ficaríamos por ali, Suzè invadiu a mata e foi abrindo caminho, empurrando palmeiras e pequizeiros, onde eu, com dificuldade, tentava acompanhá-la. Uma lua cheia e amarela iluminava o cerrado a ponto de me arrepiar a lembrança daquela ingressão furtiva. Logo chegamos a margem, uma clareira reservava alguns tocos de madeira fincados na terra a servirem de banquetas para ocasionais ribeirinhas. Nós nos sentamos e prestei atenção em cada detalhe, pois era um evento quase miraculoso dentro do meu coração, depois de toda a miséria e violência que havia vivido, estar naquele lugar, com aquela mulher, cuja família reinava aos olhos da cidade em adjetivos supremos como afetuosos e ternos, mas também como rebeldes e transgressores. Suzè apontou uma árvore, um cajueiro, e disse, com enorme candor:

— Foi ali onde fumei meu primeiro baseado, com Geraldo. A gente quase não conseguiu achar o caminho de volta.

— Uau! Isso é um dado histórico pra Vallegrand!

— Vallegrand nunca existiu pra nós. Isso aqui é uma merda. Geraldo e eu costumávamos, quando mais jovens, brincar dizendo "como vai ser o mundo que a gente vai inventar hoje?", e nós saíamos de casa dispostos a ser a gente mesmo, com as roupas que quiséssemos, e não estávamos nem aí pra o que fossem falar. Um dia ele saiu com um vestido meu e apanhou num bar. Voltei lá depois com uma faca de cozinha, olhei cada um no olho e falei que se isso acontecesse de novo, eu ia matar cada um deles. Depois, em casa, eu chorei e foi nesse dia que ao invés de ficar na cama como tinha feito por tantas temporadas de pensamentos suicidas, comecei a escrever diários, poemas. Enfim, comecei a definitivamente sonhar com o que eu bem entendesse. Parece bobo, mas minha imaginação foi a porta para minha liberdade.

Meses depois, quando fumamos bem aqui, minha vida mudou de novo. Foi como se meu corpo finalmente recebesse o toque da erva divina, com os pensamentos sublimes que finalmente me inundaram. Num estalo, era como se eu tivesse renascido. Desculpa, quando eu fumo falo demais.

— Eu poderia te ouvir pra sempre, Suzè. Posso te pedir uma coisa? Um dia você escreve um poema pra mim?

— Essas coisas não são assim, Pitico, mas eu posso tentar.

— Olha pra céu e admira a estrela rosa.

— Ah! Você não esqueceu…

— Não, mas também nunca vi a estrela rosa.

— A gente só vê o que pode ver, Pitico. Aperta os olhinhos e vai conseguir até me ver lá em cima.

— Eu queria aprender a sonhar assim. Acho que vou inventar um mundo também. Tudo o que você fala é bonito, parece que não é deste mundo mesmo. Deixa eu perguntar… o Geraldo também escreve? Vi um caderno na caminhonete, mas ele ficou possesso quando toquei nele.

— Sim, mas ele não mostra pra ninguém. Tá ouvindo? São os cardumes de piraputangas subindo o rio.

E então silenciamos para escutar o chacoalhar dos peixes dentro da água, que se somava ao som de grilos e de alguma moto que cruzava a ponte ao longe. Suzè se levantou, me puxou pela mão, olhou raso nos meus olhos e entregou uma mão em minha cintura. Sob a uterina primavera vallegrandina nos beijamos e juro que eu pude sentir minha carne derreter. Nossas bocas se encaixaram com perfeição, e o calor do corpo dela junto do meu era como os pingos de mil velas quentes sobre a pedra de uma rua sacra.

— Talvez nem eu sabia o quanto queria te beijar – eu disse.

— Talvez nem você saiba como a sua chegada trouxe alegria pra nós.

— Eu não sou ninguém, Suzè.

— Num lugar onde todos creem ser tudo, não ser ninguém é um ato muito belo. Você é um presente dos bons.

— Eu nem sei o que fazer com as mãos.

Sorrindo, Suzè voltou meus braços soltos para suas costelas, me beijou com mais força por alguns minutos, então mansamente arrastou a mão direita do meu tronco em direção ao meu pau. Diante de minha notável ereção, desafivelou meu cinto, abaixou minha calça ao mesmo tempo em que se ajoelhou, e diferentemente do vigor de seus beijos, me chupou ternamente como se eu estivesse enfermo. Eu sentia meus nervos virando do avesso, esquecia da própria existência enquanto segurava sua nuca com uma firmeza delicada para que ela ficasse livre para efetuar os movimentos.

Nossos olhos se cruzavam na comunhão do milagre do corpo, cintilante o suficiente para humilhar qualquer alma. Quando ela subiu de volta para minha boca, eu a beijei longamente com gosto adocicado, e a ajudei a tirar seu vestido. Vê-la nua me fez apagar qualquer desgraça anterior da vida, e eu imediatamente beijei seus seios, depois a deitei na grama e desci até o centro da carne, que tinha um cheiro de fogueira, e um gosto que se misturava entre o alecrim e o mel. Um dilúvio se fazia entre a umidade dela e da minha saliva e seus gemidos se fundiam em estéreo com o som dos grilos que emudeceram as piraputangas. Após uma longa jornada em sua púbis, seus braços me puxaram para cima, quando eu a penetrei de forma lenta e automática. Nossos beijos e coreografia representaram uma dança ainda a ser inventada; usando os dedos e a língua, ela preencheu todos os orifícios do meu corpo, e eu prontamente fiz o mesmo. Descolados do tempo, jogamos o tabuleiro em sintonia fina, dilatando a compreensão até gozarmos juntos sem dizer uma palavra, com os gemidos diminuindo em *fade out*. Adormecemos abraçados, nus, à beira do rio Cuyaba.

Me despertei de sobressalto, sem precisar quanto tempo havia passado, quando uma formiga picou minha mão. Suzè seguia dormindo. Fiquei pensando sobre o que havia acontecido e sobre meu recesso sexual, que durava quase um ano. Quando parti para Vallegrand, meu corpo, para além do tiro, estava tão machucado que estava fora de qualquer possibilidade um envolvimento físico com alguém. Ainda que Elena me visitasse em sonhos despertos, ainda que rapazes, moças e travestis me galanteassem perto do Posto Zero, e eu sentisse vontade de estar com eles, um luto corporal vivia ao meu redor, fazendo com que eu repelisse qualquer possibilidade de toque. Meses depois, eu ainda não tinha racionado se estaria pronto para voltar à ativa, pelo fato que a falta de sexo havia se instaurado em minha rotina a ponto de considerá-la natural e protetiva. A inesperada cópula com Suzè me alforriava de um celibato físico e também espiritual, e esse ato tinha um símbolo imenso dentro do meu corpo. Eu tinha vontade de chorar de tão liberto me sentia.

Suzè acordou com o primeiro feixe de luz, e a alvorada revelava o seu corpo de maneira ainda mais miraculosa do que fizera a luz da lua. Abracei-a, beijei sua boca e disse:

—Você não existe, Suzè.

Sonada, ela tardou cerca de um minuto para assimilar minha frase, a ponto de eu ter a impressão que não tivesse dito aquilo, apenas sussurrado para mim mesmo.

— A gente não existe, Pitico. Por isso é tão bom ver teus olhos me tratarem assim. Acho que depois que eu gozei, quero que você seja meu anjo.

— Eu queria ser teu homem.

— Se a gente não existe, podemos ser tudo que quisermos, num é? Mas nunca vai ser o meu homem. Geraldo me falou que você veio pra cá fugindo de problemas. E eu sou um problemão, Pitico. Não tenho mais idade pra me apaixonar. Você é muito jovem, vai viver tanta coisa ainda.

— Eu sou velho, olha minha bengala – eu disse, sarcástico.

— Confere elegância ao teu passinho. Você é desses que nasceu velho, mas que com o passar do tempo vai ficar mais e mais garoto, sabia? Vamos andando?

Eu tentava agir com naturalidade, mas estava muito apaixonado e internamente petrificado com tudo que havia acontecido num período tão curto de tempo. Nem nos meus melhores sonhos o destino poderia me presentear com uma aventura poético-sexual como essa. Nos vestimos e aproveitei cada último detalhe do corpo dela, fotografando os bicos dos seus seios com a mente, pensando que se não os tivesse nunca mais nas mãos, os veria quando fechasse os olhos.

O dia claro facilitou um pouco o caminho de volta, e em poucos minutos passávamos em frente ao Residencial Santa Mônica. Convidei Suzè para que dormisse comigo, construindo a imagem dela deitada no meu peito e o mundo explodindo atrás de nós, mas ela refutou:

— Nossa madrugada foi tão bonita que o sol vai desbotar a luz da lua.

— Esse verso já é do meu poema?

Suzè respondeu com um sorriso, me abraçou com muita força, ancas atadas, e se despediu com um beijo no meu rosto. Quando entrei no meu apartamento, abri as janelas e sentei no sofá. Cogitei acender um cigarro que havia guardado de outro dia, mas desisti, pois a seiva de Suzè ainda permanecia na minha boca, inundando meus sentidos. Pensei em manter um jejum eterno para que nenhuma água ou comida tirasse seu gosto de mim.

Valentino me contou que Brinco havia sido demitido da escola. Ele fora pego com leve hálito de cachaça ao recepcionar os pais de um aluno certa manhã, e dois dias depois teve um dedo quebrado quando caiu de uma escada enquanto tentava pregar um quadro na sala dos professores. Diante do estrondo da queda e do acionamento do bombeiro do colégio para os primeiros socorros, percebeu-se uma evidente embriaguez e foi o fim.

Eu me recusava a acreditar na teoria de Valentino, de que Brinco era apenas um alcoólatra clássico, e como todos a certa altura da vida, havia perdido o controle. Ou melhor, eu acreditava em partes, mas sabia que todos os bêbados que eram acometidos um dia pelo passo em falso no abismo da vida necessitavam de um estopim maior que a rotina ébria. E o *click* de Brinco era Elena. Eu me sentia mal por ter romantizado a dor dele, sonhando inclusive para mim mesmo como seria maravilhoso ter uma fossa pós-pé na bunda de alguém como ela. Talvez fosse a minha história recente que me calejava para enfrentar desilusões amorosas como essa, mas Brinco certamente era angelical demais para segurar o peso do próprio coração.

O pressentimento de seu destino de abandono da civilidade via álcool já me rondava no episódio do show de maneira razoável, e foscamente quando me contou de sua noite com ela, mas Valentino havia me trazido um tiro de realidade aquele dia. Eu sofria um espaçamento entre a consciência e a tristeza profunda que eu sentia cada dia com sua ausência, pois não queria acreditar que Brinco era alcoólatra e que ele estava perdendo a si mesmo por conta de um grande amor.

Naquela semana passei na escola, e em todos os botecos da cidade, mas ninguém tinha notícias dele. Eu conseguia enxergar a mim mesmo naquele grande companheiro, e só desejava que pudesse estar ao seu lado para lhe consolar, uma vez que sabia que quando a ponta da flecha é afiada, penetra na poeira não importa quão espessa esta seja. E o grande amor lhe havia penetrado em golpe pontiagudo, na carne mais profunda.

Meu coração é uma sempre-viva

Segue a te procurar pela cidade
Mesmo em agreste não desiste
Ainda que sem vento jamais morre
Desde o meu cálamo aquariano
Do chão abaixo ao chão do céu
Se levanta em esperança paciente
Pois sabe que teu coração
é uma sempre-viva
que nem o amor poderá matar.

Havia um rito popular em Vallegrand, o famoso chá de ayahuasca. Se de onde eu vinha isso era considerado coisa de doidão, nos Cerrados até se rezava Pai-Nosso no transe. Depois de uma insistência insuportável de Valentino, ainda abatido pelo episódio de Brinco, aceitei participar de uma cerimônia xamânica, mesmo inundado em meu ceticismo e morrendo de medo. As regras necessárias para o encontro espiritual vieram logo em seguida de minha confirmação no evento. Nada de álcool, drogas ou carne nos três dias anteriores. Na véspera, em total distração, comi um peixe assado num restaurante perto do rio e só me lembrei da proibição quando já estava em casa. Me perdoei, pois se a coisa fosse sagrada mesmo, ia me entender, afinal, se há punição, não é Deus. Traje: roupas brancas. Separei uma camiseta amarela clara, pois era o mais próximo que eu possuía do *dress code*. Liguei para Geraldo, que disse ter uma calça de capoeira e poderia me emprestar. Quando fui buscá-la, ele me alertou:

— Não vai virar o chato da ayahuasca, hein? Odeio essa gente.

A calça ficou gigante em mim e comecei a desanimar da aventura, mas como já havia confirmado e até pago os noventa reais "simbólicos" para o rito, decidi embarcar.

Valentino me buscou de fusca e fomos para um sítio, cerca de vinte quilômetros da saída da cidade. Ele estava muito empolgado e ficava dizendo que aquilo havia mudado a vida dele: "Nunca mais cheirei!". Irônico e de mau humor, talvez pelo medo e pela hora temprana, respondi:

— Só cheira com a alma agora, né? Cuidado que tem gente que se vicia em Deus.

Para meu espanto, minha leve piada o deixou indignado e ofendido. Ameaçou parar o carro. Me desculpei no ato, afinal, não queria ser abandonado no meio da rodovia e percebi como deter o "poder de cura" havia inflado seu ego. Chegamos na fazenda El Camino, onde se podia ver vários carros estacionados, cachorros e um clima muito agradável, parecendo pertencer a outro tempo. Uma vez que eu estava ali, tentei virar uma chave de incredulidade que carregava dentro de mim, e aproveitar ao máximo a experiência. Em poucos minutos já me sentia revigorado e comecei a me empolgar com a viagem interior a ocorrer. Uma mulher de cabelos totalmente brancos e largo sorriso nos recebeu:

— Bom dia, Valentino! Meu irmão de alma!

Os dois se abraçaram de maneira afetuosa e íntima. O tênis dela estava sujo de barro e suas roupas exalavam um cheiro de madeira orvalhada.

— Pitico, esta é a Chandra. É uma das guardiãs daqui, vai cuidar de você na hora do ritual.

— Menino! Está pronto para mudar sua vida? É um presente ter você aqui.

A simpatia dela era inspiradora, e logo eu já estava ajudando em tarefas do templo, varrendo folhas secas, montando almofadas nas cadeiras. Ao contrário do sorriso da mulher, alguns homens não me eram muito simpáticos ao primeiro olhar, mas imaginei ser por conta de uma já posta concentração pré-transe. Meia hora depois fomos levados a uma enorme sala, com largas janelas de vidro que iam do chão ao teto. Parecia uma procissão, com todos de branco, um forte cheiro de incenso, e uma banda montada com violões e instrumentos de percussão. Em frenesi silencioso, uma enorme fila se fez e logo me entregaram um pequeno copo de plástico com o tal chá. O rapaz que estava atrás de mim deu a dica: "prende a respiração e vira!". Desci rapidamente a seiva para dentro do meu corpo, e tive uma náusea imediata com o gosto de terra da bebida. Uvas foram entregues para ajudar na digestão e tirar o forte gosto da boca. Voltando a nossos lugares, um homem branco, de aproximadamente uns sessenta anos, começou um discurso.

—Vamos começar a nova vida de paz, da concentração do divino que habita dentro de nós.

Um batuque foi iniciado, e foram entregues pequenos livretos com letras de alguns cantos a serem entoados em homenagem à planta. Folheei rapidamente e confirmei o que pressentira; quase todo o conteúdo repetia o que mais me incomodava em ritos, que era uma posição vertical, como se devêssemos nos curvar a alguém ou alguma coisa, como se Deus fosse algo superior. No meu coração, qualquer coisa que se coloque como guru não é Deus, e lá estava eu novamente em uma igreja, dessa vez sem o Deus cristão, mas sendo obrigado a reverenciar alguém que não reverenciava o verdadeiro milagre da vida, que para mim, são as pessoas.

Eu havia preparado um plano para caso não me identificasse com o material, e ali foi o momento de sacar uma caneta e um pequeno caderno que coloquei sob o livro de cantos. Minha ideia era usar a lisergia do chá para me autopsicografar de alguma maneira, pois imaginava que poderia descobrir coisas acerca de meu passado e presente com a limpeza nas portas abertas da mente. Em outras palavras, eu acreditava no imenso poder da natureza e o verdadeiro contato daquela planta com o ego, mas não acreditava na benevolência nem na espiritualidade daquelas pessoas.

Não sei dizer o momento exato em que me vi arrebatado pelo transe, mas minhas mãos começaram a suar e eu a sentir muito frio, de modo que me sentei em minha cadeira e me aninhei um pouco. A viagem começava de maneira forte, e eu só conseguia olhar para a barra da calça branca suja de barro de uma mulher que estava ao meu lado. Talvez fosse Chandra, eu não conseguia precisar. Após relatos de gente que havia se curado de vícios, recebido mensagens de seus mortos, sido modificados para todo o sempre na vida, eu só conseguia pensar – talvez flexionado por minha razoável experiência com drogas – que estava bem *loco*.

Em tempo dilatado, comecei a fazer uma viagem pela minha própria jornada, achando brechas na memória e recebendo imagens de toda a minha vida. Foi nesse momento que peguei a caneta, mas ainda não conseguia anotar nenhum pensamento, pois estava trêmulo. A primeira captação do cérebro foi da minha infância, contemplada com a voz de minha avó Julia, que zunira em meu ouvido com carinho desmesurado, e tive um leve acesso de choro. Eu apertava meus braços contra o meu peito como se pudesse abraçar a mim mesmo, e consequentemente a ela. Quando respirei fundo, imerso em uma nova náusea, percebi a presença de um homem levemente grisalho, que tocava um pandeiro a minha direita, a cerca de uns dez metros de mim. Ele possuía algo de muito familiar, mas meu enjoo e turva visão não me permitiam distinguir completamente. Após abrir e fechar os olhos algumas vezes, fui tomado por um êxtase ao reconhecer o homem, e comecei a escrever rapidamente.

Brinco, no meio da sessão de ayahuasca eu revejo Brinco
e sua célebre língua enrolada,
sua dança xamânica sem a prepotência dos deuses
seus dentes brilhando junto dos cânticos mais sublimes
seus abraços infantis em suingue corpulento
seu choro lavando o sorriso involuntário
o hálito de cachaça às onze da manhã
o sapato com sangue
o vômito de alegria
o candor eterno
dentro do coração que acomoda
somente suas sobrenaturais ações de amor.

Ao seu lado está Elena,
Ela segura uma criança em seus braços amorosos
A infante veste amarelo e se assemelha aos dois
junto deles está o meu pai,
mas com outro rosto,
e agora parte do salão
pois Deus mandou uma limusine do céu para buscá-lo
E ele se despede dos dois
Mas não disse tchau pra mim
Porque não me viu.

Isso foi tudo que consegui escrever durante a sessão, e lentamente comecei a sentir o corpo mais tranquilo e percebi que o ritual se encaminhava ao fim. Chequei meu relógio e havia se passado quase quatro horas. Eu tinha a cabeça leve, em contraste absoluto ao momento do ápice do transe. Ao contrário da maioria das pessoas, eu não havia vomitado. O cheiro de incenso se dissipava enquanto uma grande mesa com comidas era montada. Um regozijo tomava conta do ambiente de maneira indescritível, e eu sentia uma alegria brutalmente física. Ali entendi o que movia tanto Valentino e aquela gente. O bem-estar do encontro com o cipó era realmente transformador, mas meu ceticismo ainda insistia no fator químico entre os elementos, e não na questão holística daquelas palavras ou do toque de Deus sobre a planta, como eles acreditavam. Ao tentar mencionar essa teoria levemente uma ou duas vezes e ser olhado de maneira furiosa pelos guardiões do rito, silenciei-me e apenas concordei com todos os dizeres religiosos dos que palestravam ao fim da cerimônia.

Após o jantar, uma enorme roda de violão se fez e saí um pouco para caminhar pelo sítio, algo que não me havia sido permitido antes. Após alguns minutos, sentei-me debaixo de uma árvore ao lado do salão e adormeci. Tive um sonho muito terno, onde um indígena dizia "isso não é o que é", ou "isso não é o que parece". Eu não tinha certeza se aquilo ainda era um rebote da viagem do chá ou um sonho, mas entendi o recado no auge de minha incredulidade, de que aquelas pessoas não eram as representantes daquela cultura milenar indígena, e soube que nosso encontro, a planta e eu, ainda estaria por acontecer verdadeiramente.

Eu refletia sobre a necessidade de um porto seguro, de uma válvula de escape que pudesse recorrer nos vários acessos de desamparo existencial que me abordavam durante a semana. Pensava que era isso que me fazia beber tanto, assim como a Brinco e Geraldo, do mesmo modo que a religião ajudava Valentino a abrir o Késsy todos os dias. No fundo, era o que fazia aquela fazenda existir, e tentando ser o mais generoso possível em meu julgamento, se fosse para existir, que o fizessem de maneira afetuosa. O que me incomodava era a arrogância que tomava muitos que se sentiam mais próximos de Deus ou da cura, e se sentiam aptos a guiarem os outros, como se estivessem superiores ou vendo além da maioria, uma vez que haviam recebido o "toque divino", ou descoberto "a cura verdadeira".

A viagem de volta no carro de Valentino foi insuportável. Além de nós dois estava um casal, do núcleo administrativo do grupo do chá, e ambos de maneira nada sutil tentavam me colocar em seus planos futuros, dizendo coisas como "Agora que você é um de nós, pode ver com a alma clara", ou "Você nunca mais estará em estado Beta na sua vida, bem-vindo ao mundo Alpha", ou até "O chá, somado a yoga e a alimentação macrobiótica, irá resolver todos esses seus problemas".

Aquilo me incomodava profundamente, em especial porque me lembrava do Pastor Oscar, de minha cidade natal, que eu havia me acostumado a amar por sua simplicidade e bons atos, mas que tropeçava em uma ingenuidade que simplesmente eu não conseguia conviver. Talvez sentisse inveja, pois o ceticismo é um chapéu existencial difícil de se carregar todos os dias, mas no fundo eu sabia que não poderia ser de outro jeito. Para mim o verdadeiro transe, ou Deus, era a alegria de olhar nos olhos de alguém e sentir-me vivo. Fosse no amor, fosse na ofegância de correr da polícia, fosse na adesividade de dois corpos em alguma tarde quando se menos espera, fosse no sorriso de dois companheiros que se tocam no puro encontro da confiança e do desafio de se colocarem além de um mundo que não é infantil nem cínico, apenas cheio de propósito e da consciência de que não nos resta muito mais a fazer. A crença no músculo e nos apetites, no desejo, mas não na saciedade, pois esta requer ensino a fim de ser conquistada, o que no fundo significa resignar-se de que ela nunca virá.

Valentino me deixou em casa e eu o agradeci de maneira sincera. Ao mesmo tempo que discordava de quase tudo o que ele havia me dito, era um bom amigo e se para ele aquilo era vital para que não enlouquecesse, eu estaria junto enquanto fosse necessário, ou conseguisse. Na entrada do Santa Mônica, Juanito me chamou, pois haviam duas correspondências para mim. Ainda um pouco extasiado pelos espasmos finais do chá em meu sangue, fiquei muito tocado quando vi que uma delas era de Suzè. Ao chegar no apartamento abri com muito cuidado os envelopes.

quando você me procurar
talvez eu já esteja habitando a tua sombra
mas ainda assim se veste de luz
como se a solidão fosse um crime

quando você se sentir só
canta pro alto a tua canção
lembra as fotografias que nem o fogo queima

quando você quiser chorar
olha pras nuvens e elas vão aquarelar
tuas lágrimas como uma chuva colorida

quando você tiver frio
toca teu corpo onde vir uma estrela
e mil fagulhas vão cair ao teu lado

e quando você sentir saudades de mim
lembra que o mundo todo existe
dentro de você

susê
*

Petilinho, como está essa perninha?

Que saudades de você, meu datilógrafo mais amagado. O Maestro me passou seu endereço porque disse que você segue aberto a propostas. Garoto, estou indo para El Salvador. Essa cidade morreu depois da sua treta com Maicon, a tristeza canta nos bares e não vou ser o último a apagar a luz. Consegui um esquema de trabalho lá, e inicialmente convidei o Maestro, já que ele reclama todos os dias da vida que leva, mas ele tem medinho de sair das asas da família, você sabe. Diante da negativa, dele resolvi te chamar.

Depois lembrei que você fala espanhol, então seria perfeito. Entramos como turistas no país e depois ficamos um tempo ilegalmente, mas rapidinho dá pra colocar as coisas em ordem. Tudo lindo em Disneyground? Um amigo uma vez me falou que aí é um parque de diversões, mas não para principiantes. Te cuida!

Beijo na bengala,

Cláudio Santos Fragelli

A campainha de minha casa foi tocada insistentemente. Quando abri, vi Geraldo andando de um lado pro outro.

— Don Geraldo! *Qué pasa?*

— Petilinho, preciso do seu carro.

— Nunca! O Diamante só funciona na minha mão. E outra, acabei de finalmente pegar os documentos.

—Você dirige, então.

— Tô exausto, trabalhei no Madonna três dias seguidos em dois turnos.

— Eu tenho tudo.

— Como assim tudo?

— Quando eu digo tudo, eu digo tudo. Seu cansaço vai sumir rapidinho. Tão atrás de mim, Pitico. Não posso sair com a caminhonete. Me ajuda nessa?

— O que rolou? Você está foragido?

— Não exatamente, mas na dúvida prefiro vazar daqui.

— Geraldo, tô fora de qualquer treta.

— Fica tranquilo, vai ser rápido. Se não quiser ir, me dá o carro.

Sentindo que talvez ele precisasse de mim, saímos em direção à rua de areia que ficava atrás do residencial Santa Mônica, onde eu estacionava o carro. Passei a mão para desterrar a maçaneta da poeira e em poucos minutos o velho Diamante Branco rangia sobre o asfalto esburacado da cidade.

— Menino, dirige mais rápido que eu tô uma pilha só.

— Cheirou, né? Se eu passar dos cento e quarenta esse carro explode, bicho. Não tá ouvindo esses barulhos?

— Assim que é bom. Você tem dia pra voltar?

— Como assim, Geraldo? Combinei um lance com Valentino no Késsy às nove.

— Nove? A gente vai voltar só dia nove.

— Que isso. Nem peguei roupa.

— Pra onde vamos não precisamos de roupas.

— Nudismo? Não rola pra mim. Meu pau é pequeno.

— Não é não. Eu vi outro dia, quando a gente tava mijando junto no Késsy.

— Tá me manjando, Geraldo?

— Só pra saber o potencial de quem eu ando junto.

— Lisonjeiro.

— Se eu ainda pudesse usar o meu, não ficaria manjando o dos outros.

— Por que não pode usar?

— Não tenho tempo. Outras preferências. Muito gasto de energia.

— Masturbação?

— Só por questão de saúde. Dirige, vai. Quando chegarmos no trevo, pega a estrada da Guia.

— Você fez merda?

— Sim, mas foi autodefesa. Se algo acontecer eu digo que você não fez nada. Toma isso aqui, vai te fazer bem.

Foi nesse momento que Geraldo passou o velho pó marrom nos meus lábios, que os amorteceram de imediato. Seguramente era o mesmo que ele havia me dado no dia de nosso primeiro encontro. Depois, disse num suspiro:

— Talvez seja nossa despedida.

Começava a anoitecer enquanto eu dirigia, e Geraldo seguia passando aquela droga, segundo ele, de origem indígena, em meus lábios. Em um determinado momento, comecei a ter muito sono e perder a sensibilidade na ponta dos dedos, ao mesmo tempo que batia os dentes de loucura. Geraldo fez sinal para que eu parasse, e então assumiu o volante, algo teoricamente proibido nas leis do Diamante Branco, mas que diante de minhas condições, foi feito sem muito alarde. Após mais algum tempo dirigindo no caminho do interior do estado ele parou numa vila chamada Puerto Feliz, na beira do rio Paraguay. Atingida pela brisa ribeirinha, minha perna começou a doer. Geraldo pediu que eu saísse do carro para que caminhássemos um pouco na beira do rio.

— Pitico, sente a força desse lugar... você não faz ideia do quanto de coisa eu já vivi de frente pra esse rio. Olha, eu vou fazer uma oração aqui... não repara muito. Daqui a pouco vai chegar um amigo, e eu preciso estar pronto pra recebê-lo. A energia é forte, às vezes até chove.

Geraldo, que sempre fora um crítico da vida esotérica de Valentino, me surpreendia rompendo o elástico crítico de seu ceticismo, até aquele dia inquebrável para mim. Percebi que seu rito se enquadrava em algo mais sincrético, e como se fosse possível, também sóbrio. Ao contrário da ayahuasca que pregava a paz,

Geraldo dizia palavras em pré-transe que corroboravam com o próprio casamento entre o céu e o inferno, uma resignação de que não haveria um sem o outro. Este tipo de contemplação do estado de "paz" me era muito mais real, de modo que fiquei verdadeiramente tocado por sua *trip*. Perdendo um pouco a noção do tempo, provavelmente por conta da terra mágica nos lábios, saímos a andar pela orla. Caminhamos cambaleantes por centenas de metros, até que vi um cachimbo de marfim no chão. Apontei e disse: "Será um pedido divino?". Geraldo apenas riu, e subitamente gritou:

— Zebu! Foche! Apareça, Zebu!

Surpreso e sem entender nada, eu já não distinguia com clareza o que era real ou alucinação. Foi então que um homem vestindo uma calça branca de capoeira, sapatos pretos e portando o peito nu surgiu de trás das folhas de uma árvore. Geraldo começou a chorar imediatamente. Um silêncio se fez, e segundos depois uma euforia lancinante tomou conta dele e os dois se abraçaram fervorosamente. Depois algum tempo atados, ele se virou para mim e disse de maneira emocionada:

— Manquinho, este... este é Fochesatto! Ele inventou essa ilha. Se não fosse por ele nada do que você conheceu existiria.

Foi ali que entendi que a fuga e o encontro já estavam predestinados. Geraldo rangia os dentes e suava em bicas, enquanto fazia uma dança estranha e compassada com Zebu, ou Fochesatto. A imagem que se apresentou com um nome de boi, era confusa e ciumenta, me olhava de um jeito não muito amigável. Repentinamente uma garoa se iniciou. Eu não sabia mais o que causava minha turva visão e adjetivos na mente, se o cansaço, o medo ou o rapé marrom que Geraldo me dera, agora explodindo no centro de meu corpo. Depois de alguns minutos, Zebu confirmou minhas suspeitas e mostrou os dentes de maneira nada amistosa, enquanto tirava uma faca do cinto. Ele estava claramente possuído por algo. Tive medo de ter o intestino comido pela loucura do grande animal, pois grande já era a haste de meus dias.

— Cheval! – bradou Geraldo, enquanto segurava o antebraço de Zebu e abaixava a lâmina. Quando acalmado pelo toque, Geraldo nos introduziu:

— Foche, este é o Pitico. Só estou aqui por causa dele, senão já tinha sido pego. Esse menino vale ouro, é dos nossos.

Zebu nada disse, apenas guardou a faca e voltou-se para si. Geraldo o abraçou lateralmente e andaram em direção ao mato alto contrário ao rio. Nessa hora o efeito lisérgico bateu completamente, talvez somado ao medo que havia sentido, me deixando muito enjoado. Resolvi deitar na areia da prainha para respirar um pouco. Minha consciência abraçava volátil todos os acontecimentos, e de maneira muito gentil comecei a rir e a chorar ao mesmo tempo. Que diabos eu fazia naquele lugar, centenas de quilômetros de minha casa, me metendo em problemas novamente? Ao mesmo tempo, tudo era claro, pois Geraldo era uma presença miraculosa em minha vida a ponto de eu precisar de um único contato para me jogar na frente de um carro para salvá-lo, triturar cacos de vidro com as mãos a fim de proteger a fortaleza de nossos corações encharcados de lágrimas e candor. Meus pensamentos eram como um *hamster* a girar na roda gigante que existe dentro dessa gaiola que é o mundo. Quando retrocedi minha memória ao começo de tudo, no caso, do tiro em minha perna e a viagem a Vallegrand, tive certeza de que estava no lugar certo, com a pessoa certa. Se fosse para morrer, que o fizesse com Geraldo, um louco-nato, *expert* no sincericídio, cuja pulsão de vida explodia por suas glândulas sudoríparas como *sprinklers*. Decidi viver cada segundo com ele, mesmo que morrêssemos em seguida.

Minutos depois Geraldo voltou sozinho, com um documento nas mãos. Não foi muito claro comigo, mas deu a entender que Zebu conseguira uma nova identidade para ele. Fiquei melancólico de imaginá-lo tendo de tirar os bigodes para um disfarce futuro.

Caminhamos de volta para o Diamante Branco, onde deitados sobre o couro. Tentei arrancar de Geraldo mais informações sobre tudo.

—Você matou alguém?

— Não.

—Você atirou em alguém?

— Não.

—Você bateu em alguém?

— Não.

—Você apanhou de alguém?

— Sim.

— Não parece, você tá lindão!

Sem sorrir, Geraldo levantou a camisa e mostrou no abdômen o que parecia ser um largo corte de faca, com um curativo malfeito. Antes que eu pudesse expressar com palavras o espanto que já se revelava em minha face, ele se antecipou:

— Eu não quero mais falar disso. E sim, eu fiz uma dessas coisas que você me perguntou e eu neguei.

Em apenas algumas horas tendo Geraldo cravado na pele, eu me sentia cada vez mais preocupado, especialmente porque sabia que não poderia abandoná-lo, pois aquilo seria também abandonar a mim. O seu destino recente era quase como um filme que eu assistia, um *remake* de minha história meses atrás, e eu pensava que se tivesse um Geraldo ao meu lado aquele dia, teria enfrentado tudo e todos, mas eu estava completamente só. E se dependesse de mim, Geraldo não estaria sozinho. Desse modo me soava como um ofício estar perdido naquela viagem que diretamente não era minha, mas se apresentava quase como um *lavoro* divino. Diante de um súbito silêncio, Geraldo sacou mais um pouco do pó marrom e desenhou um símbolo do infinito em meus lábios,

185

interrompido apenas quando eu abocanhei seu polegar e garga-
lhamos juntos.

— Titico, se for pra gente se foder, *vamo* nos foder bem *loco*.

Meia hora depois, quando a coisa começou a bater ainda mais
forte, Geraldo propôs uma caminhada a fim de aproveitar melhor o efeito lisérgico. Andamos muito, aleijados do tempo real, e
quando eu menos esperava, começou a amanhecer.

— Zebu é amigo do dono de um motel vagabundo aqui perto,
vamos dormir lá.

Ingressamos sob o *neon* roxo do Bangalo Motel às sete da manhã,
sob olhares curiosos da camareira que deve ter pensado sermos
um casal extravagante. Após horas passadas com tanta droga e cansaço na cuca, meu cérebro se reduzia a fumaça clara, vítima de seu
próprio apetite encefálico. Quando acordei, estava com o corpo
pesado e a perna doendo muito. Olhei as horas e já beirava as três
da tarde. Geraldo estava deitado ao meu lado, e em um momento fronteiriço entre o sono e o despertar, quase se refazendo em
autoesperança, sussurrou:

— Tudo bem, Zebu está por perto.

Apenas ali entendi a real dimensão de Foche, o velho Zebu, sobre
ele. Uma espécie de pai de santo, mentor espiritual, que de tão
poderoso, ainda conseguia arranjar documentos e estender-lhe a
asa. Geraldo me disse que ele era importante na região, pois aju-

dava muita gente, portanto intocável diante da própria lei do vilarejo. Aquele dia aprendi com a nova identidade de Geraldo que algumas pessoas surgem para unicamente nos desconectar de alguma outra espécie de vida. Nas semanas anteriores a viagem, eu havia tido um sonho recorrente, breve e ruim. Era o carteiro me entregando uma carta, mas quando eu ia pegar, sua mão estava amputada. Agradeci de alguma forma as faces, altares e funerais do passado. Aprendi, talvez tardiamente, que devemos esperar; o tempo deve passar e os relógios se fixarem na hora seguinte. Junto a isso, meus temores eram tranquilizados pela promessa de respirar bem novamente. Eu apertava os olhos e o alívio repetia, em voz clara e lúcida:

— Zebu está por perto.

Qualquer pessoa que fizesse alguém como Geraldo suspirar por ele, era definitivamente um santo. Ao mesmo tempo, eu não tinha clareza do crime de Geraldo, e temia que a polícia nos pegasse. Corruptamente me aproveitei do momento desacordado de meu companheiro e abri seu caderno, que descansava em um compartimento da mochila que estava aberto, por conta de um zíper quebrado.

POEMA DA REVELAÇÃO ROUBADA

TUDO É SONHO
VÊ NAS PAREDES, VÊ NA AREIA
VÊ NO BRUTO TROTAR DO ÓLEO
QUE SE ENTREGA `A CANDEIA

TUDO É SONHO
VÊ NAS TUAS MÃOS, VÊ NAS MINHAS RUGAS
VÊ NO MEDO DA MORTE
QUE SEM PIEDADE NOS SUGA

UM DIA ESTAREMOS
DE NOVO LONGE
A PONTO DE PARECER
QUE NUNCA NOS CONHECEMOS
E A MEMÓRIA FINA
SUMIRÁ UMA NOITE NO BARCO
NO CHOQUE ENTRE NOSSOS REMOS

TUDO É SONHO
VÊ NA TUA CARNE, VÊ NA TUA PELE
E SE JOGA PROFUNDO PRA DENTRO DE SI

COM OS OLHOS ABERTOS
PARA QUE O TEU AUTO ENCONTRO
SE DESMANCHE EM REDENTOR FRENESI

(E LOGO CEDO, A LUZ ENTROU PELA PERSIANA AMASSADA
E EU SOUBE
QUE ESSA FUGA ERA PARA NÃO MORRER)

E ALI, NOVAMENTE EU SOUBE QUE

TUDO É SONHO
VÊ NO QUE VOCÊ AMA,
VÊ NO QUE TE ENVENENA
VÊ NA CORAGEM QUE TEIMA
EM TE LEVAR A MAIS ESTE PORTO
DE ETERNA AUSÊNCIA
POIS
A ALMA NUNCA É SERENA
NOS CAMINHOS PRIMAIS DA BREVE EXISTÊNCIA

— E NO SEU CAVALO BRANCO
EU TE RECONHECI.
EU TE DARIA TODO O MEU CORAÇÃO
NUM SOPRO
SE EU PUDESSE.

— G.L.

No fim da tarde do segundo dia de fuga, minha pele parecia cola. Deixamos Puerto Feliz em silêncio, e uma vez que apenas Geraldo sabia sua rota, ele assumiu o Diamante Branco novamente. O mormaço e a ressaca de droga me fizeram adormecer em poucos minutos. Fui acordado aos gritos por meu companheiro. Havia um acidente na estrada. Eu ainda grogue de sono tentava compreender o *mix* entre cheiro de borracha queimada, um zunido incessante e o caminhão recém-morto no rumor vespertino.

— São eletroeletrônicos! – Disse Geraldo.

Ele saiu na frente e eu o segui. O acidente parecia ter acabado de acontecer. Um caminhão tombara na estrada. Fomos olhar a cabina bege do veículo e encontramos um motorista provavelmente morto, com um corte abrupto na testa, parecendo calcar as pintas da minha face. Seus olhos jaziam distantes. Talvez em Vallegrand.

Quando finalizei uma prece para ele, Geraldo, que havia se desinteressado pelo defunto rapidamente, surgiu e disse:

— Abra o porta-malas!

Após mais de dez minutos, carregamos o Diamante com as mais variadas peças: abridores de lata elétricos, vitrolas reeditadas, duas guitarras, aparelhos de som e alguns computadores. Quando Geraldo finalmente fechava o porta-malas, ouvimos sirenes ao longe. Em um só salto, ele adentrou o Diamante, acendeu um cigarro e deu partida. Incauto, Geraldo em poucos minutos já deslizava o carro por estradas de terra dentro de uma mata fechada. Lá ficamos por mais de três horas, em um local com placa escrito "La Higuera – 9 KM".

— Pitico, acho melhor você vazar. Me deixa numa rodoviária, eu carrego o que posso comigo dessas coisas pra vender e você segue seu caminho. Se antes já era um problema você estar nessa, agora você vai cair em cana bonito.

— Por que você quis roubar essas merdas?

— Ah, da onde eu venho é um pecado negar uma oferta dos céus como essa. Me deixa com isso e toma teu caminho.

— Eu não vou embora, Geraldo. Não posso te deixar assim.

— Pode ir, não sou uma criança.

— E eu não sou um covarde.

— Só um pouco burro. Quer se foder?

Foi nesse momento da conversa que escutamos um barulho por detrás das palmeiras, e nos aterrorizamos com a possibilidade de sermos pegos, mas ao invés de recebermos um atraque policial, tivemos uma grande surpresa. Fomos saudados por três garotos loiros que rodearam o carro com corpos definidos e bronzeados, que mais pareciam os de uma *miss*. O primeiro, alto, faltando um dente na frente, portava uma faca e estava sem camisa. O segundo, corpulento e usando uma camiseta de um time de futebol que eu desconhecia, fazia piadas hilárias, suava muito e era consistente em todo e qualquer gesto. O terceiro e mais gostoso deles era o próprio Hércules sul-americano, o esplendor trágico do amanhecer, capaz de fazer qualquer humano querer amá-lo e defendê-lo até a morte. Ele foi o primeiro a nos saudar e o último a nos arrancar a lágrima. Antes mesmo que pudéssemos responder o simpático aceno de cumprimento, um deles sacou uma enorme espingarda das costas e nos rendeu.

O real objetivo deles ali era nos assaltar. Sem grande alvoroço e munidos de uma naturalidade refletida em seus dentes estrangeiros, começaram a limpar o carro. Eu me sentia confuso, pois estava consumido por uma mescla de sentimentos opostos. Inicialmente um grande medo de tomar um tiro, mas ao perceber que não atirariam em nós, tive vontade de possuí-los ali mesmo, no meio da mata, talvez num *flashback* do efeito da droga que Geraldo havia me dado e de um desejo de morte iminente no meu corpo, como se uma necessidade de sobrevivência somada a uma síndrome de Estocolmo me tomasse. Fiquei a admirá-los enquanto examinavam o carro. Depois de terem levado tudo que havia lá e inclusive em nossas carteiras, fizeram questão de apertar nossas mãos e desejar boa sorte. Quando partiram, Geraldo e eu não podíamos acreditar no que havia acontecido. Após alguns minutos de silêncio, totalmente chocados, Geraldo disse, levemente transtornado:

—Vai ter que ser agora, não há outro jeito.

Ele entrou no veículo, tirou a arma que estava escondida debaixo do banco do motorista e a apontou para mim:

—Vai embora.

— Que porra é essa, Geraldo?

— Agora.

— Eu sou seu *brother*.

—Você não vai comigo. Pega teu carro e vai embora antes que eu faça alguma besteira.

Durante os dias anteriores, no fundo eu só conseguia pensar na hora que isso aconteceria. O meu exílio de Geraldo era iminente, inevitável. Se a polícia o pegasse, eu, "o garoto", seria levado com ele. O fato é que a nossa separação era tão inconcebível tamanha adesividade que compartilhávamos, que a única maneira de fazê--la era assim, com uma arma na mão, na exausta emoção de dias na estrada, vivendo no mato, em hotéis baratos, se escondendo, dormindo juntos com apenas um olho fechado.

Abandonar Geraldo era abandonar Vallegrand, que era abandonar a mim mesmo. Ele, por mais que vivesse foragido, sempre teria Vallegrand. E eu sabia que não teria estômago para retornar à cidade com o sentimento de que o havia abandonado, mas eu começava a entender que precisava ir embora. A ideia de recomeçar em outro lugar, com novo nome e face era insuficientemente feliz, mas o difícil era aceitar que aquela era nos Cerrados talvez começasse a se encaminhar para o fim. "A droga une, o sexo separa." A frase dita horas antes por Fochesatto, em meio a uma oração, era o imã entre o sonho e aqueles dias.

Tirei as roupas e uma mochila de Geraldo do carro, coloquei no bolso da sua jaqueta uma nota de cem reais do meu dinheiro escondido e saí em direção à rodovia para tomar o rumo de Vallegrand. A merencória me acompanhava e consumia metade da minha respiração.

Tive um carinho

quieto
desde sempre
sobre você.
(dirigi dezesseis horas, parando para dormir somente na madrugada de sexta-feira. roubei um adesivo num posto de gasolina com
os dizeres *de todo lo que me deseas, diós te de el doble.*[7] os últimos du-
zentos minutos passei rasgando a serra de são vicente, com o diabo saindo pela boca enquanto esmagava os pedais. ao ver as primeiras ruas de vallegrand, lambi meu antebraço e eu estava doce.
pronto para ser colocado em contato com o outro mundo. só
seria necessário o primeiro contato. um único e simples contato,

como um casulo,
esperando para encontrar a chama
no rio
de açúcar
fechar os cortes de faca
com areia

---

7   de tudo o que você me deseja, que deus te dê em dobro.

e colar as descongeladas gotas
de choro
do coração).

Teci um carinho
terno
esta noite
sobre você.

Ao entrar no Santa Mônica, Juanito me gritou:

— Tá sabendo que a casa caiu?

Sem entender muito, me mostrou o jornal, que trazia uma foto de Suzè ao lado de dois policiais. Se a sorte fora amiga dos Lannes Mezzetti por uma década, em uma fração de horas jogou pólvora em seus quatro olhos.

Nunca estamos preparados para o dia em que o telefone toca e traz uma notícia assombrosa. O tempo congela, não basta vinte, cinquenta anos, para que aquele chamado seja esquecido. O coração pula a batida seguinte, uma nuvem-sombra cresce sobre todo o quarteirão, o chacoalhar das águas do rio cessa por um instante. Eu estava dilacerado após o episódio de Geraldo, mas o inferno ainda nem começava a desfabular meus sonhos. Quando eu era jovem, mais triste do que receber a notícia da morte de meu pai, foi ver sua calça jeans pendurada no cabideiro, ainda esperando o momento que ele voltaria para vesti-la. Assim como mais triste do que ter de deixar Geraldo, foi ver metade de um sanduíche velho guardado na lateral de sua mochila, pois era tudo que ele tinha para comer. Mais triste que a notícia da prisão de Suzè, foi imaginar Todi, seu poodle cinza, esperando ela retornar, e após alguns dias olhar para a porta como se soubesse que nunca mais estariam juntos. Até hoje, toda vez que o telefone toca, em algum lugar de mim renasce um terremoto onde a calça jeans, o sanduíche, meu coração disparado e Todi ocupam a mesma sala.

A prisão

é só uma edificação
A mente
Segue a galopar
Pelo continente

Você ainda está
montada no cavalo
Meu coração
Resiste crendo
No milagre do mundo

Não me faz virar os olhos para dentro
Nem perder o sonho do teu lábio
Que eu não sei se foi meu
Ou se foi a mão mágica
Do pólen do céu.

Não posso ser livre

pois atravesso a cerca que me separa do leão
ou na praia adentro o mar até um ponto em que é vã
a luta dos pés pelo chão

Retiro o teto da casa para que possa chover em mim finalmente
as minhas próprias lágrimas
pois
também
não posso ser teu.

OUTUBRO

Desci do ônibus e imediatamente percebi o fluxo de pessoas em direção a uma praça, que desaguava na placa que dizia: "Centro de Rehabilitación Santa Cruz – Palmasola". Segui o caminho até uma imensa fila diante dos enormes portões da famosa Mata Grande. Esperei muito tempo, entre amarguradas mães de família, algumas grávidas e crianças que pareciam não ter total noção da peculiaridade do passeio de sábado de manhã. Depois de longos quarenta minutos, a voz foi direta e áspera:

— ¿Nombre del visitado?[8]

— Suzètte Lannes Mezetti.

— Ahora dame su dni.[9]

Entreguei o documento e após dois minutos eternos de busca, a resposta:

— No estás en la lista.[10]

---

8   Nome do visitado?
9   Agora me dê sua carteira de identidade.
10   Não está na lista.

— *No es posible, debe estar ahí...*[11]

— *No está.*[12]

— *¿No puedes llamar alguien a ver lo que pasa? Seguro mi nombre está ahí.*[13]

— *No está en la lista.*[14]

— *La puedo ver?*[15]

Ali estavam apenas os três nomes:

Danilo Fochesatto
Geraldo Lannes
Carlos Salvatierra

Foi nesse momento em que o ar me faltou e os olhos ficaram escuros de uma raiva irracional que seria capaz de translaçar o mundo inteiro. Como poderia meu nome não estar ali? Eu não existia para Suzè? Fiquei paralisado por alguns momentos sentado a um meio fio, tentando entender os motivos para tal. Eu julgava ter sido importante, ela até escrevera um poema para mim. Era difícil pensar que ela havia feito isso para me proteger, tampouco de que

---

11   Não é possível, tem que estar aí...
12   Não está.
13   Poderia chamar alguém para ver o que aconteceu? Tenho certeza que meu nome está aí.
14   Não está na lista.
15   Posso vê-la?

poderia ter me esquecido. Seria Suzè só uma grande alucinação? Ela nunca fora clara, e também eu sentia vindo dela uma mania de sempre evitar bater de frente com a ação, uma passividade maconheira, evadindo as grandes questões. Talvez para ela o fato de eu ver sua ruína e dose maior de humanidade, dentro de um presídio, fosse mais do que poderia suportar. Talvez fosse aquela sua nobreza inevitável que ela antecipava de tempos em tempos e decidia o destino para os seus. Desolado, antes mesmo de entrar no ônibus de volta para Vallegrand, eu já pressentia, mesmo sem total consciência disso, que tudo o que aconteceria posteriormente entre ela e eu seria apenas memória.

Craudio, o destino nos prega peças e você sabe melhor disso do que eu. Primeiramente, fiquei muito feliz de receber essa carta tua, e senti saudade do teu gosto de cigarro, dos teus cabelos compridos e do teu humor único. El Salvador? Pra quem se contentou com Vallegrand parece coisa demais. Até quando posso te responder? Ainda tenho que resolver umas coisas aqui em Disneygrand, aliás, adorei o apelido que você cunhou. Que trabalho seria esse? É garantido? Qual o salário etc.? Com essa minha perna agora preciso de garantias mínimas.

Beijo no cabelo,

Pitico.

Quando me vi sozinho nas ruas de Vallegrand como meses atrás, senti como se algo tivesse sido tirado de mim. Não parecia justo eu andar por aquelas rotas que haviam se mostrado tão cintilantes sem a minha gangue, sem os meus heróis. Nesse dia decidi render-lhes uma homenagem. Inicialmente fui até o Késsy, que estava fechado, por conta de um recesso espiritual de Valentino. Por minutos fiquei a olhar a porta, a fachada, até os canos que saíam pela parede e que eu havia nunca reparado existir. Saindo de lá, peguei a Av. Cerrados e passei pela mangueira onde Brinco me arremessou mangas, e quando encontrei Suzè a fumar na nossa única noite de amor. Quase instintivamente o meu corpo seguiu à beira do rio Cuyaba, onde dormimos sob a lua de inverno e o som das piraputangas. Ignorando os alertas dados em meus primeiros dias na cidade, naquele dia tirei as roupas e pulei no rio. Eu precisava tocá-lo. Fui até o fundo, deitei na margem e chorei como uma criança. Depois de secar-me um pouco no sol da tarde vallegrandina, comecei a pensar que mesmo que ninguém saiba o que eu senti naquelas águas e naquela margem, os peixes saberão. E hão de irromper o ar com seu cheiro de melancolia engavetada nas almas das pessoas que exaustas cruzarão aquela ponte ao fim de um dia de trabalho.

Todas as vezes que eu vejo esse rio eu viro um menino de novo. Cuyaba, que sempre que me vê vira um menino também. Eu sei, pois assim são os rios, como pássaro migratório quando vê quem ama e sabe que é amado em retorno. E então sonhamos carícias inéditas, terrosas no raso, aquosas no fundo, uma fata morgana que despreza o tempo que dali em diante já não tem importância. E revive em mim a vontade de amar profundamente cada pedaço de você, de esfregar minha cara em teu asfalto pela pura alegria de ser e estar febril no suor mais humilde que me causa. Cuyaba, que as pancadas em teu galho te façam reacelerar a seiva, a correr novamente impune, pois quando eu não estiver mais aqui, você ainda estará. E banhará novos meninos e lhes deixará a alma fresca, e também irrigará o coração de homens velhos como eu, e fará deles um menino de novo.

Após longo mergulho medicinal no flume, recoloquei os sapatinhos para seguir minha marcha de tributo à cidade e decidi ir ao Mirante onde sonhei ter tido meu primeiro beijo com Suzè, o que nunca aconteceu naquele local. Durante meu lento caminhar, retrocedi imagens e cores, e pensei que havia sido um golpe do destino ter encontrado essas figuras em tão pouco tempo na cidade, que agora revelava um agreste de personas, como se me tivesse sido dado em um só golpe toda a alegria possível de uma jornada. Deus me abrira uma sacola de presentes e depois que escolhi os meus favoritos, recolheu a mão para o resto dos dias, tomando inclusive posteriormente os meus regalos de volta para si. Talvez fosse a minha visão que já estava embevecida desses camaradas dóceis, a ponto de não conseguir ver mais nada além deles.

Quando cheguei ao Mirante, dei *play* em minha memória do dia que estive ali com Suzè, quando colamos anca a anca e olhamos a fumaça no horizonte. Dessa vez, em meu *director's cut*, nos beijamos. Meus pelos se arrepiaram pela suposta realidade do fato, e tive uma ereção fulminante. Comecei a conversar de maneira clara comigo mesmo, fazendo perguntas e depois respondendo. Em certo momento, sem perceber, repliquei-me que talvez fosse a hora de partir. Vallegrand havia me reerguido os pilares da alma, me devolvendo uma fé perdida de que sim, a vida pode ser feita de paixões, realizá-

veis ou não, de minhas camaradas e meus camaradas. Subitamente
uma canção de Elena voltou à minha cabeça e ela dizia:

"Eu sou meu próprio diabo no fim.
Se eu me vencer,
Ninguém é páreo para mim."

De fato, o meu próprio diabo já não estava ali ao meu lado, como
havia sido no dia em que cheguei na cidade: eu curvado, com
uma coleira no pescoço, a ser levado por ele, mais alto do que eu.
Nos sentamos juntos à mesa por diversas vezes na minha estadia
em Vallegrand, mas nunca o respeitei. Talvez por isso, o diabo foi
ficando mais fosco e conforme minhas alegrias foram aumentando na cidade, ele foi se reduzindo até entrar numa jaula, de
onde seguiu me enxergando de longe. Quando eu titubeava sair
da cama, e olhava para o passado ou para o chão, conseguia vê-
-lo desde a jaula me admirando de maneira fixa como se estivesse à espreita para o momento em que eu escorregasse dentro de
mim, e ele finalmente recuperasse seu poder sobre nossa relação,
escapando de meu domínio e me colocando de novo na coleira.
Com o esfacelar de meus artífices Suzè, Geraldo e Brinco, eu já
conseguia ver o diabo do lado de fora da jaula, segurando com a
mão direita uma das grades e fumando um cigarro, como se me
avisasse que a qualquer momento poderia retomar as rédeas da
situação. Foi nessa hora que percebi que Vallegrand havia cum-
prido sua missão – me dando de volta a mim mesmo, em uma
autonomia mínima, ainda que nunca permanente. Tê-la de volta
foi fundamental para que eu conseguisse, mesmo mancando, andar com propriedade e alegria novamente.

Pitico, nem acredito que você deu a cainha nessas entrelinhas, eu já nem esperava mais. Não poderia ter sido em hora melhor. Partirei em um mês e como te disse, seria perfeito tê-lo comigo. O esquema é o seguinte: lembra do Reuter? Ele foi para San Salvador faz três anos e abriu um restaurante de comida por quilo lá. A real é que isso não existia no país e El Casarão (em português mesmo) bombou de maneira inimaginável, tanto que ele está abrindo mais dois restaurantes e queria gente de confiança para cuidar. Eu seria o gerente de uma unidade e você de outra. Entramos como turistas, depois pedimos residência, só basta molhar a mãozinha de um contato que o Reuter tem, e já era! Podemos até mudar de nome se quisermos. Talvez eu finalmente consiga consertar o erro ortográfico no meu. Só pra você se programar, precisamos entrar no país até o dia doze de novembro. Preciso da sua confirmação o quanto antes.

Um beijo, pensando no futuro,

Cláudio Santos.

Vallegrand,
Meu gêiser eterno de poemas

Os últimos meses reviveram uma paixão
Que havia se perdido n'alguma estrada à noite

Se posso te deixar
É porque você me deu tudo
Hoje minha perna quase não dói
E alguns já nem percebem que ainda manco

Se antes eu não era nada
E precisei tomar de assalto a cidade nova
Para que não tirasse a própria vida
Que escorria como areia em mão dobrada
Você me recobrou o olho pleno ensolarado
Fez pulsar novamente dentro do peito
O músculo que nem uma vez descansa
Ativou a correnteza do rio petricorado
Na alegria torácica dos companheiros
Num erigir pleno
Diante da miséria
Que é a existência
Quando eles não estão.

Valentino me deu o telefone de Julieta, uma funcionária da escola em que Brinco trabalhou, e andei apressado até minha casa. Estava ansioso pela possibilidade de obter notícias dele. No momento em que segurei o aparelho para discar, travei. Precisei de alguns minutos de preparação. No fundo eu sabia que poderia receber a notícia que menos esperava, pois no ritmo alucinante que Brinco seguia antes do desaparecimento, já devia estar nas estrelas. A coisa mais improvável era eu ter notícias de meu herói, digamos, sendo ele mesmo, cheio da beleza e da coragem que me ensinou. Mal sabia ele que também me ensinou a ser eu mesmo.

Respirei fundo e disquei 3682-4620, que curiosamente tinha o símbolo de cruz no teclado telefônico, e aguardei:

— Alô?

— Olá, Julieta, tudo bem? Aqui é o Pitico... Quem me passou seu número foi o Valentino, do Késsy.

– Olá. Tudo bem... Como posso ajudar?

— Estou ligando pra pedir uma informação, se possível... Eu preciso de notícias que talvez só você possa me dar. Você sabe do Brinco?

— O Brinco! Que estranho você me ligar perguntando isso. Ele não te deixou telefone, nada? Por que está perguntando pra mim?

— Ele sumiu aqui do bairro, não deixou nada... e me disseram que você tem contato com ele.

— Nossa... que loucura. Então... ele está bem, parece que encaretou, não bebe mais. Se seguisse bebendo não estaria mais entre nós, com certeza. Está morando na Argentina, vive de mate e de contrabando agora. Se não me engano próximo ao lago General Carrera. Mora com o Augusto, que é tio do meu marido. Por acaso você sabe o que aconteceu? Até hoje ninguém entende porque ele ficou daquele jeito.

Eu não consegui responder, uma vez que Julieta já me dera as informações que eu precisava. Finalizei a ligação de maneira esquiva. A notícia de que Brinco havia encaretado, mas estava vivo foi muito confusa para mim. De modo profundamente egoísta, aquilo me confirmava o fim de uma era. Provavelmente nunca mais o veria. A Argentina estava fora de cogitação, e eu carregava o pressentimento de que ele jamais voltaria aos Cerrados. Após o abandono de Geraldo, a prisão de Suzê e a consequente ausência e abstenção alcoólica de Brinco, a lua de Vallegrand murchava cada vez mais. Tive vontade de fazer minhas malas naquele instante. Por mais que a fase abstemia de Brinco talvez lhe prolongasse a vida, ela o obrigava a se afastar de mim, o que seguramente matava a poesia que nos fez existir dentro dos Cerrados e que construiu a Vallegrand que nos envelopava para além dos dias ordinários. Eu me sentia verdadeiramente feliz de imaginá-lo bem, sóbrio, talvez reerguendo seus laços com a ex-mulher, estando mais presente com o filho, mas também suspeitava que isso matasse sua energia motora, que era naturalmente alcoólica e selvática. E o brilho dele naquelas ruas era vital para que eu existisse, como purpurina iluminada pelos faróis dos carros. Uma luz que nem todo mundo conseguia ver, mas inesquecível para quem via, e eu posso afirmar que os meus olhos foram iluminados por ele como dois rios em chamas.

o que foi que te deu essa vontade de abismo?

que foi que te deu que de repente a chuva secou
e você não?
que foi que te deu que há tantos dias não tem sol?

que foi que te deu que de repente a morte não é mais suficiente?
olha
como
ficou a vida

olha.

Craudio, você pode falsificar o que quiser, mas eu nunca te chamarei de Claudio. Eu estou dentro, meu anjinho. Aliás, a coincidência é enorme, pois nesses últimos meses trabalhei num restaurante aqui em Disneygrand. Quando do convite, achei que era alguma plantação de loroco, mas pra ser gerente eu vou até o fim do mundo, ainda mais desvendando um novo país. Aguardo endereço e chego até dia doze em San Salvador.

Amor,

Pitico.

Existe Uma Voz Que Ninguém Cala

— letra da canção de Elena Calamus

Quando tudo é silêncio aqui dentro de mim
Eu lembro que um dia meu pai me falou assim:

Existe uma voz que ninguém cala
Essa voz é a tua luz é a tua chaga
Pois o que mata também embriaga
Então bebe a alegria que vai te salvar do mundo

Quando tudo é escuridão dentro de mim
Você me faz brilhar
Quando tudo tudo tudo é luz dentro de mim
Você pode me apagar
Mas ainda assim
Sempre existe uma voz
Que ninguém cala
Dentro aqui, no fim
eu sou meu próprio diabo
Se eu me vencer,
Ninguém é páreo para mim.

Tem uma canção velha, dos tempos do meu avô, que diz:

"cuando el viejo condor se va
es porque el viento llama a lo lejos,
cuando el viejo condor se va
es porque el nuevo va llegar." [16]

Nessa última semana, um arremate, feito por um médico recém-
-formado, por míseros quatro mil reais, decretou a venda e pôs
fim a uma era de acontecimentos sublimes, todos num mesmo
local: o Diamante Branco.

O veículo divino, comprado sem documentos (e legalizado as du-
ras penas posteriormente), palco de tantas pantomimas eternas,
cujos para-choques se transformavam em pinturas sempre que
os meninos estavam lisérgicos. Carruagem afetuosa de foras da lei,
cheiro de couro, manhãs anteriores a própria aurora, quase-prisões
irrevogáveis, guinchos, *blitz* da polícia rodoviária, gasolina no bafo,
sendo levado na ponta dos dedos na madrugada inconsciente pe-

---

16 "quando o velho condor se vai
é porque o vento chama ao longe
quando o velho condor se vai
é porque o novo vai chegar."

los anjos do cerrado, estepe furado, extintor vencido há seis anos, cento e setenta quilômetros por dia com a homocinética quebrada.

Diamante,
nascido vivo,
sempre brilhante,
das visões eternas
eu jamais esqueci
fotografei,
tapei o sol com a mão
queimei a coxa no volante
mas jamais me dobrei
o ensinamento divino
de carne e do amor
do seu segredo final
Diamante,
a vida pede coragem.

Pode comprar uma camisa da Azzurra, Pitico. Você não vai acreditar no que aconteceu. Ontem me ligou o Reuter. Um poderoso de San Salvador ofereceu um caminhão de dinheiro pra ele e comprou os três restaurantes de uma só vez. El Salvador já era, Pitiquinho. Mas calma, nós seguimos dentro. Reuter vai para Itália, e vai abrir um restaurante de comida chinesa. Eu fiz um escândalo quando ele me contou isso, disse que já tinha vendido os móveis, dado meu cachorro etc., aí ele se sentiu na obrigação de me levar junto, e eu de te levar, não é? Pois bem, fim de novembro estaremos na região de Emília-Romagna, ou Lombardia, não sei. Arranja uma passagem para Milano que em breve te mando endereço e tudo mais. Seguramente o seu espanhol também ajudará na Itália, afinal, é quase tudo a mesma merda. Tô louquinho pra gente usar calça curta e camisa apertadinha, italian way.

Abraço apertado,

C.

A possibilidade de um novo país tremia meu coração quando eu pensava fortemente sobre um novo recomeço, para o bem e para o mal. Praticamente dobrei minhas atividades alcoólicas a fim de ajudar na paranoia e conseguir obter o desmaio na hora de dormir. Pressentindo um fim de jornada, voltei a frequentar o Késsy com mais intensidade, passando até a nutrir carinho novamente pela faceta *hippie* de Valentino. O lugar estava cada vez mais às moscas, e eu finalmente entendia quando diziam que muito pouco acontecia em Vallegrand. Numa dessas noites, casualmente nossa conversa abarcou no nome de Suzè, e Valentino me contou coisas que eu não sabia acerca de sua biografia:

— Quando eu me separei da minha ex-mulher, ela me abrigou por alguns dias na casa dela. Eu dormia no sofá da sala, então quando o primeiro cliente chegava, logo cedo, eu era obrigatoriamente acordado. A atividade da manhã era a ginástica. Alongamentos, depois bicicleta ergométrica, seguidos de escaldantes dez quilômetros de esteira. Antes disso tudo, porém, ela acendia a chamada "vela da manhã", ou "abre-alas". Alguns meninos viravam a noite para, casualmente, render-lhe uma visita matutina. Foram nessas situações, entre um menino e outro, ou depois, suando na esteira, que Suzè contava algumas das suas histórias. Do cárcere privado que sofrera na adolescência, do vício em pó ou o ex-marido homossexual. Ela dizia: "Nenhum homem me amou e me comeu como ele."

Ao ouvir Valentino, eu parecia ter entre os dedos, na minha intimidade com Suzè que só nos pertencia, um pedaço de papel segurado firme dentro dos bolsos. Um segredo que só ela e eu teríamos até o fim dos dias. Antes de eu me perder totalmente na memória de seu cheiro, minha atenção foi recuperada quando percebi que Valentino ensaiava o fim de seu relato:

— Na última vez que nos encontramos, ela prometeu fazer, para o domingo, arroz com pequi.

Corso Lodi, 106
Milano, Italia.

Eu já havia comprado minha passagem. Mesmo sem muitas garantias, eu não tinha outra opção, e voltar para minha cidade natal ainda era muito arriscado. Fui ao Késsy e levemente bêbado deixei escapar a informação para Valentino e Maxwell que estava saindo fora, mas me corrigi a tempo e disse que iria voltar logo, mesmo sabendo que provavelmente não o faria. Como os meus últimos poemas já pré-anunciavam, tudo estava se dissolvendo como papel fino na maré do rio Cuyaba. Depois de minha sétima cerveja sentado no balcão do Késsy, fui ao banheiro. Ao lavar as mãos para voltar, pude ouvir ruídos vindo do salão. Alguém havia entrado e estava sendo festejado, ou escorraçado, como poderia acontecer. Quando saio atento do w.c., mal posso acreditar que estou vendo Geraldo. Em silêncio, vou até sua direção e damos um abraço forte e longo, enquanto sinto sua respiração colada ao meu corpo. Estaria mentindo se dissesse que estava preparado para tal. Com os olhos marejados, sentamos lado a lado, como fizemos no primeiro dia. Como também sempre fazíamos quando a nossa presença se tornava imensa diante do encontro e da existência, silenciamos. Depois trocamos uma palavra ou outra, às vezes nenhuma. Quando ele terminou o primeiro copo, puxou um guardanapo, solicitou uma caneta a Maxwell e começou a escrever rapidamente, quase como em autopsicografia. Depois guardou o papel no bolso e saiu para o banheiro. Após um minuto aportou a cabeça pra fora, e disse: "Vem aqui".

Quando entrei no banheiro, ele estava sentado sobre o vaso.

— Pitico, eu vim me despedir.

— Pra onde você vai? Achei que tivesse chegando pra ficar.

— É o fim, Petilinho. Estou doente.

— O que você tem?

— Meus rins já eram. Meu fígado também. Não reparou que tô ainda mais magro?

— Sim…, mas achei que fosse a velha dieta.

— Não só.

Pegou a carteira, tirou um saquinho e despejou um pouco de pó sobre a mesma. Não precisou dizer uma palavra. Fez duas carreiras, mandou a sua para dentro e me passou. Cheirei a minha e lacrimejei o olho direito, mas me recompus a tempo e lhe disse:

— É um tiro por todos, não é mesmo?

Geraldo apenas sorriu. Voltando ao balcão me entregou o papel em que estava escrevendo:

— Leia quando eu não estiver mais aqui.

— É um dos tais poemas que nunca me deixou ler?

— É um desenho do seu pau.

Tentei sondar o que havia acontecido, se era verdade o papo sobre os rins e o fígado, se era por conta daquela facada que ele tinha tomado antes de nossa última viagem, se ele havia sido preso, se ainda estava foragido, se ficaria, ou se desapareceria novamente. Ele se negou a dar qualquer informação. Por fim percebi que a eventual morte de Geraldo só tinha uma razão: ele não cabia no mundo. Era alegria demais, era propósito demais, como uma missão própria de ir até o fundo de cada coisa. Lembrei-me de uma pergunta que Zinho havia feito para ele quando estávamos no sítio: "O que você tanto procura, menino?".

Essa foi a última vez que o vi, e sendo Suzè talvez a única pessoa a possuir seu contato, não me restaram outras opções. Perder seu rastro era pior que perdê-lo de vista, pois antes parecia sempre haver uma pista, um retorno, como se ele fosse arrombar minha casa na madrugada com lanterna a procurar o próprio retrato, beijar minha testa e dizer: "Vamos embora, é meu aniversário." Como se ele fosse varrer a melancolia que já não me deixava comer direito nem tirar os óculos, como se fosse aparecer e dar um tiro no comprador do Diamante Branco e me repreender por estar passando adiante o veículo sagrado, como se ele pudesse enfim me ensinar o novo idioma do ímpeto que eu precisava para recomeçar.

A verdade é que Geraldo nunca mais apareceu, e imaginar sua morte, ele tendo pouco mais de trinta anos, era muito duro. Meu caminho se estreitava, mas no fundo as últimas palavras deixadas por ele eram um resto de sol, a luz que entrava pela rachadura na parede da noite que havia dentro de mim – mesmo nublada, servia para que eu conseguisse refleti-la no espelho dos dias e seguir adiante. A maior tristeza, no decorrer das semanas, foi ver coisas grandiosas e não ter Geraldo para contar. A beleza, quando não há quem admiramos por perto para narrá-la, faz-se inútil. Embora tenhamos passado apenas alguns meses juntos, minha vida havia se transformado de uma maneira inconcebível. Eu não teria sobrevivido a Vallegrand sem ele, mas não fui suficientemente grande para que ele pudesse sobreviver a Vallegrand comigo. Quando Geraldo partiu do Késsy e nos despedimos do lado de fora com um longo beijo na boca, aproveitei cada segundo da imagem e do calor dele vivo, enquanto o vi desaparecer em caminhada lenta no horizonte.

PARA O MEU PITICO

O ENCONTRO NUNCA É FÁCIL
EU CRESCI ATRAVÉS DE UM SONHO
E JAMAIS IREI ACEITAR OUTRA COISA
POR ISSO NÃO ESQUECE QUE
EU TÔ SEMPRE A CAMINHO

EM ALGUMA NOITE QUANDO VOCÊ DORMIR EU CHEGO SILENCIOSO,
NÃO ME PERGUNTE PORQUÊ, NEM QUANDO, NEM ONDE
SENTA DO MEU LADO, TIRA OS NOSSOS SAPATOS
E ESSA TERRA QUE A GENTE PISA HÁ DE BEBER AS NOSSAS LÁGRIMAS

NÃO SE PREOCUPA
PORQUE EU PEDI AO SOL PARA TE DEIXAR INTEIRO DE NOVO
AS PONTES SERÃO SEMPRE AS NOSSAS MÃOS

E JUNTOS A GENTE VAI CONSTRUIR A CASA DO NOVO MUNDO
VOCÊ APRENDEU A TUA LIÇÃO?

NADA MUDOU
TUDO MUDOU
FODA-SE

— GERALDO LANNES

O cheiro da água

Com o vento da margem esquerda do rio Cuyaba
Será uma lembrança secular
Quando o calor dos nossos corpos era o único sobre a terra
E o afeto tinha um tamanho ainda a ser possível compreender
somente com as sondas dos homens do futuro
a tomar nossa caixa enterrada de memórias
Ainda assim
Jamais ousar medir
Jamais imaginar
Jamais ser retratado
A confiança e a plenitude do nosso encontro sobre as chamas
do começo do mundo

Meu coração desenha as sensações que meus relatos não alcançam.

NOVEMBRO

Tudo parece se encaminhar
para o fim
debaixo da mesma árvore,
meses atrás.

as ganas magistrais eu ainda sinto
a sensação da redenção anos adiante
há de ser só o óbvio, transcrito na pele
do garoto de vestidos febris (fugas à noite).

gostaria eu,
poder domar o cavalo que vive perto do mirante
e através das dimensões
atravessarmos o riso e o fardo de cada coisa
grão a grão
até que nada mais permaneça
entre Vallegrand e eu.

Nestes últimos dias

a morte não esteve longe de mim
eu a servi água
e conversamos calmamente
embora com enorme dificuldade
tamanha a sua insistência
mas o contrato segue aberto.

Mãe querida, te escrevo depois de tanto tempo com imensas saudades e com o coração tranquilo, pois como sempre, sei que esteve a par de meus sentimentos e episódios pelo Maestro, mas mais do que isso, por nossos sonhos que sempre se coligaram de alguma maneira nesses últimos nove meses. Gostaria de agradecer por confiar em meu silêncio, e saiba, em minha solidão você esteve comigo durante toda a minha temporada em Vallegrand. Escrevo porque estou partindo novamente. Meu coração está reconstruído, embora se sinta como um salão vazio após uma grande festa. Às vezes no mercado, ou visitando alguma casa, sentia o cheiro de comida da nossa cozinha, aquele mesmo que me fazia correr desde o quintal até a nossa mesa. Alguns momentos pressenti tua quaresma sob o lusco-fusco do silêncio no fim do dia. Te encontro em minha nova jornada, e desta vez eu prometo lhe escrever e contar tudo. Quem dera eu pudesse passar por aí novamente, nem que fosse por um único minuto. A verdade é que já não tenho medo.

Minha perna está muito melhor, mas meus cabelos afinaram na ausência de teu carinho. Se tudo existe é porque você me deu a divina luz. Se tudo brilha é porque você me explicou do que o mundo é feito.

Obrigado por me ensinar a tocar o céu.

Beijo do seu

Pitico.

Ninguém vai embora

Mesmo que exploda a aorta
Ninguém vai embora
Mesmo que saia pela porta

Vallegrand em sua última brisa
o meu rosto corta.

Se escolhe uma cidade para viver
Pelo cheiro que seu nome tem.

É impossível viver sem você
em um mundo que você inventou.

Eu entrei no ônibus da minha partida. Esbaforido por meu atraso habitual, quase o perdi. Ainda suado e ofegante na poltrona 16, após ter acomodado minha única mala sobre o bagageiro e posicionar minha mochila entre as pernas, fui tomado pela familiar sensação de estar esquecendo alguma coisa. Respirei fundo, e tive certeza que provavelmente seria um fator sentimental, uma autodefesa contra a despedida, pois no fundo meu coração não queria partir, e se sentia esquecido colado debaixo de alguma mesa do Késsy, ou entre algum cardume do rio Cuyaba. Enquanto via as últimas fachadas de lojas antes de Vallegrand desaparecer ao início da rodovia, percebi que havia esquecido minha bengala escorada num pilar da estação Bispo Dom José. Num sobressalto pensei mandar parar o ônibus. Depois fui acalmando minha respiração ao tempo que deitei a cabeça na poltrona. Com um pequeno sorriso, adormeci.

— continua…

A canção de Elena Calamus "Manual Para Sonhar de Olhos Abertos" recebeu alguns versos de Ricardo Fischmann, e o título é de Ricardo Spencer. O poema de Geraldo da página 231 tem alguns versos de Vivian Whiteman e é também inspirado em um poema de Audre Lorde. Quando esse livro ainda estava em processo embrionário ele contou com revisões de Danilo Fochesatto e Julio Custódio do ARCADA e estas foram vitais para que eu conseguisse desenvolver esses relatos.

 editoraletramento   editoraletramento.com.br
 editoraletramento   company/grupoeditorialletramento
 grupoletramento   contato@editoraletramento.com.br

 casadodireito.com   casadodireitoed   casadodireito